UN COMTE DE NOËL

CHRONIQUES DE RENCONTRES

DARCY BURKE

Traduction par
SOPHIE SALAÜN

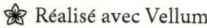

UN COMTE DE NOËL

Chroniques de rencontres

Le chemin de l'amour véritable n'est jamais sans embûches. Il est parfois nécessaire que quelqu'un joue les entremetteurs. Lorsque des couples se retrouvent à l'occasion d'une partie de campagne, badinage provocateur, rendez-vous secrets et amour sont au rendez-vous !

Ce fut un véritable désastre lorsque Cecilia Bromwell rencontra John Rowley, le comte de Cosford, cinq ans plus tôt, lors d'une partie de campagne où la mauvaise plaisanterie de ce dernier et son tempérament irascible ruinèrent non pas une, mais deux des robes que la jeune femme venait de s'offrir. Aujourd'hui, à l'occasion d'une partie de campagne organisée à l'occasion de Yule, Cecilia apprend que leurs parents cherchent à les marier. Cependant, elle n'a aucune envie de parler à la « Menace », surtout après qu'il ait renversé du vin sur son corsage, ruinant ainsi une autre robe.

En cette période de Noël, John, comte de son état, n'a aucune envie de faire équipe avec la « Mégère » pour la chasse à la bûche de Yule. Mais, s'ils sont capables de supporter la compagnie de l'autre pendant une courte période, peut-être pourront-ils convaincre leurs parents qu'ils ne sont *pas* faits l'un pour l'autre. Lorsqu'ils sont séparés des autres et qu'une tempête de neige les pousse à trouver refuge seuls dans un cottage, ce qu'ils veulent n'a plus forcément d'importance.

Alors que le mariage se profile à l'horizon, ces ennemis pourront-ils devenir des amants avant le matin ?

CHAPITRE 1

Décembre 1786

*C*ecilia Bromwell s'était rendue à Broadheath à plusieurs reprises, mais une seule fois en présence d'un certain gentleman. Non pas qu'il se soit conduit en gentleman cinq ans plus tôt : il n'avait été qu'une horrible canaille, arrogante et grossière. Elle s'attendait à ce qu'il se comporte exactement de la même manière à présent.

— Es-tu certaine qu'il est là? demanda-t-elle à Dinah Gladwin, la baronne Spetchley.

De taille moyenne, avec des cheveux châtains et des yeux verts, Dinah était une femme blanche du même âge que Cecilia.

Et c'était une amie de longue date. Elle était présente à cette occasion, cinq ans plus tôt, lorsque John Rowley, le comte de Cosford, s'était révélé si affreusement horrible, au cours d'une partie de campagne estivale. Suffisamment horrible pour qu'elle l'ait surnommé la Menace, et, désormais, elle ne pensait à lui qu'en ces termes.

— Oui, j'en suis certaine, confirma Dinah, légèrement essoufflée. J'ai *vu* la Menace tout à l'heure.

— Zut ! s'exclama Cecilia, se laissant tomber de manière théâtrale dans un fauteuil de sa chambre, où Dinah était venue la voir. Pourquoi mes parents ne m'ont-ils pas informée ?

Elle était certaine que sa mère se souvenait de la façon horrible dont la Menace l'avait traitée.

— Peut-être l'ignoraient-ils ?

— Je serais étonnée que ma mère ne connaisse pas parfaitement la liste des invités. Elle se fait un devoir de savoir qui est présent en tout lieu, en particulier lors d'une fête comme celle-ci. Sinon, comment pourrait-elle jouer les entremetteuses, ce que les femmes de sa famille font depuis des siècles ?

Dinah pinça les lèvres.

— Elle était au courant, c'est certain. Et elle ne te l'a pas dit. Que cela signifie-t-il ?

— Je ne sais pas, mais j'éprouve un sentiment d'angoisse terrible.

Haletant, Dinah se laissa tomber dans l'autre fauteuil.

— Tu ne crois pas qu'elle voudrait… jouer les entremetteuses entre vous deux ?

— J'espère bien que non.

Sauf que sa mère et son père avaient été déçus qu'elle ne se marie pas la saison précédente. À vingt ans, elle était plus qu'assez âgée. Elle devait envisager que c'était l'intention de sa mère : la voir se fiancer avant la fin de la partie de campagne. Mais avec *la Menace* ?

— Qui d'autre as-tu vu ici ?

— Seulement Sophia et Priest.

Elle faisait référence à leur amie Sophia, également

présente à cette partie de campagne cinq ans plus tôt, et à son époux, Michael Priestly.

— Encore un couple marié, comme Spetch et toi, remarqua Cecilia. S'il n'y a pas d'autres jeunes célibataires ici, je suis *perdue* !

— Ils ne peuvent pas t'obliger à l'épouser, déclara Dinah avec une ardeur teintée de défi, ses yeux verts pétillant.

Cecilia croisa les bras et se renfrogna.

— Ils vont essayer. De toutes leurs forces. Je préférerais épouser un serpent.

— Oh ! s'exclama Dinah en riant. Bien sûr, un serpent !

Parce que la Menace avait déposé un serpent dans le bateau dans lequel Cecilia et Dinah avaient navigué sur le lac cinq ans plus tôt. Dinah avait poussé un cri de terreur et s'était brusquement relevée. Son mouvement avait fait chavirer l'embarcation, et il avait fallu les secourir.

— Je n'arrive pas à croire que Spetch reste ami avec lui, surtout après t'avoir épousée, déplora Cecilia, faisant claquer sa langue.

— Spetch a trouvé cette farce amusante, jusqu'à ce que nous tombions dans l'eau. Mais il n'en a pas voulu à Cosford. Tu ne peux pas t'attendre à ce que nous soyons en colère après lui pour une chose qui s'est produite il y a cinq ans, déclara Dinah, s'empressant de poursuivre. Cependant, je comprends parfaitement pourquoi tu le tiens en piètre estime.

— Non, ce n'est pas ce que j'attends de Spetch ou de toi, soupira Cecilia, laissant retomber ses mains contre ses flancs.

Dinah se leva.

— Viens, descendons. N'es-tu pas un tant soit peu curieuse de revoir Cosford après tout ce temps ?

Cecilia leva les yeux vers elle.

— Non, affirma-t-elle, lissant sa jupe. Vas-y.

— Très bien, concéda Dinah, hésitante. Ne le laisse pas

gâcher ton plaisir. Ce sera une merveilleuse partie de campagne. Tu verras.

Seulement si Cecilia parvenait à rester à l'écart de son ennemi juré.

Alors que Dinah s'en allait, la mère de Cecilia entra. Ses cheveux blonds étaient impeccablement coiffés, comme toujours, et elle était vêtue d'une robe de velours d'un bleu intense dont le corsage était orné de nœuds dorés. Des perles paraient son cou. D'autres se balançaient à ses oreilles. Elle dit quelques mots à Dinah avant de fermer la porte et de s'approcher de Cecilia.

— Ne veux-tu pas descendre avec Dinah ?

— Pas encore.

Cecilia se leva. Elle entendait se calmer, en vérité, mais elle savait que sa mère était en train de manigancer.

— À qui comptes-tu me marier lors de cette fête ?

La bouche de sa mère s'étira en un bref sourire tendu.

— Veux-tu t'asseoir avec moi quelques instants ?

— Non, répondit Cecilia, croisant à nouveau les bras. Il vaudrait mieux que ce ne soit pas avec la Me… Cosford.

Surprise, sa mère écarquilla les yeux.

— Pourquoi pas ?

— Tu sais à quel point je l'abhorre, à quel point il est horrible !

— En réalité, non, je ne m'étais pas rendu compte que tu l'exécrais. Il n'est pas horrible. C'est un comte, et l'héritier d'un duché.

— Ses titres ne font pas de lui quelqu'un d'agréable. C'est une menace, affirma Cecilia, baissant les bras, serrant les poings le long de son corps. Comment peux-tu ignorer à quel point je le déteste ? Aurais-tu oublié ce qu'il m'a fait il y a cinq ans dans cet endroit même ?

La baronne fronça les sourcils et regarda derrière Cecilia, comme si elle pouvait voir dans le passé.

— Sans doute que oui. Qu'a-t-il fait ?

Cécilia gémit.

— Il a mis ce serpent dans mon bateau, et nous avons chaviré. Il a ruiné ma nouvelle robe vert et rose. Tu étais furieuse !

— J'ai un vague souvenir de ceci, murmura sa mère.

— Ensuite, il m'a versé de la limonade sur la tête, ruinant ma nouvelle robe jaune beurre, celle avec les fleurs brodées.

— Oh ! J'étais *vraiment* en colère pour cela ! concéda la baronne avec une légère moue.

Elle secoua ensuite la tête, et se concentra sur Cecilia.

— Eh bien, c'était il y a cinq ans, et nous pouvons espérer que ses manières se sont améliorées.

Espérer ?

— Ou bien tu pourrais trouver quelqu'un d'autre que je pourrais rencontrer, suggéra Cecilia avec une douceur excessive, qui poussa sa mère à l'examiner attentivement.

— Tu n'as voulu aucun des autres que je t'ai proposés !

— Parce que je ne pouvais pas les aimer. Tu connais mon sentiment sur le fait de tomber amoureux. C'est absolument nécessaire. Je ne pourrai pas aimer Cosford.

Cecilia frémit à cette idée. Il était absolument lamentable. Sa mère souffla, l'air accablé. Elle prit la main de Cecilia.

— Je sais que l'amour est important à tes yeux, et je l'ai expliqué à ton père. Il se sent moins… concerné par cet aspect. Cependant, si tu trouves Cosford à ce point intolérable, je trouverai quelqu'un d'autre. Mais tu dois au moins lui accorder une chance.

— Cosford est-il au courant que tu essaies de jouer les entremetteuses ?

Le simple fait de prononcer le mot « entremetteuse » retournait l'estomac de la jeune femme, autant que l'appeler par son nom lui donnait la nausée. Elle préférait de loin le nom qu'il méritait : la Menace.

— Je ne crois pas. Promets-moi de réserver ton jugement jusqu'à ce que tu aies passé un peu de temps avec lui... et tu devras te montrer juste.

Cecilia n'avait pas besoin de beaucoup de temps pour savoir si un gentleman et elle étaient compatibles. Jusqu'à présent, un seul avait passé le cap de la première rencontre, et après quelques rendez-vous, elle en avait déduit qu'il n'y aurait jamais de passion entre eux.

— *J'essaierai.*

Cecilia n'avait aucune intention d'essayer. Elle tolérerait la Menace pendant un jour ou deux, puis elle informerait sa mère qu'il était toujours aussi insupportable. En fait, elle imaginait qu'il l'était encore plus que cinq ans plus tôt. Peut-être même allait-elle devoir changer son nom en Menace insupportable.

— C'est tout ce que je demande, lui dit sa mère d'un air un peu las. Maintenant, descendons. Je vois que tu t'es changée depuis notre arrivée. Tu es fraîche et charmante.

De quoi attirer un mari.

Cecilia serra les dents et suivit sa mère vers la porte. Cette dernière s'arrêta, la main sur la poignée, puis elle tourna la tête pour regarder sa fille.

— J'ai oublié de te dire qu'il y aura une chasse à la bûche de Yule[1] demain. Tu feras équipe avec Cosford.

Cecilia était heureuse de s'être arrêtée elle aussi, sinon elle aurait pu trébucher.

— Pourquoi devrais-je faire équipe avec lui ? En fait, pourquoi devrais-je faire équipe avec qui que ce soit ?

---

1. Note de la traductrice (NdT) : Le sabbat de Yule se célèbre lors du solstice d'hiver et se prolonge pendant douze nuits, jusqu'au 1er janvier. La bûche est coupée la veille du solstice, elle doit être assez grande et imposante pour brûler toute la nuit. Si c'est le cas, c'est un symbole d'abondance, d'espoir et de protection pour le foyer. La bûche de l'année est allumée avec un morceau restant de celle de l'année précédente.

— Parce que c'est ce que Mme Beverley a prévu. Et tu ne feras pas d'histoires à ce sujet, ajouta sa mère d'un ton sévère. Je ne veux pas que notre hôtesse te trouve impolie.

— Cela n'arrivera pas, protesta Cecilia.

De toute façon, cela ne serait pas possible. Car la Menace monopolisait toute l'impolitesse du monde.

— Serons-nous chaperonnés ? s'enquit Cecilia.

— Oui. L'une de tes amies jouera les chaperons, car elles sont toutes mariées.

Ce n'était pas une attaque directe, mais l'insinuation subtile était bien là : Cecilia aurait dû être mariée elle aussi.

— Nous allons tout de même nous promener dans une forêt. Cela laisse présager des possibilités de me retrouver compromise, remarqua Cecilia, renfrognée. Essaierais-tu de faire en sorte que nous soyons contraints de nous marier ?

La baronne expira.

— Non. Je ne te forcerai jamais. Maintenant, cesse d'essayer de trouver une échappatoire. Tu feras équipe avec lui demain, et c'est tout.

Très bien, alors elle lui rendrait la vie impossible.

Cecilia réprima un sourire. Le perturber serait incroyablement divertissant, tout en garantissant qu'il n'y aurait pas de mariage. Elle lui rappellerait à quel point ils se détestaient… comme s'il avait pu oublier. Il y avait fort à parier qu'il ne voudrait pas faire équipe avec elle, pas plus qu'elle n'en avait envie.

Pourtant, elle pourrait profiter de l'occasion pour l'aiguillonner, au moins un peu.

Elle suivit sa mère dans l'escalier menant au rez-de-chaussée et elles pénétrèrent dans la vaste salle de réception. De grandes fenêtres donnaient sur la cour au centre de la maison. La chambre à coucher de Cecilia avait une vue sur le même espace.

Dès qu'elle entra dans la salle, trois jeunes femmes s'approchèrent d'elle. L'une était Dinah, les autres Eleanor Main-waring et Sophia Priestly. Elles saluèrent chaleureusement leur amie, qui se rendit compte qu'elle était la seule jeune femme célibataire présente. *Mais... vraiment ?* Elle balaya la pièce du regard sans voir d'autres femmes non mariées. La mère de Mme Beverley, veuve de son état, ne comptait pas.

Cela signifiait que le seul couple que Cecilia pouvait former au cours de cette partie de campagne était avec Cosford. S'il ne savait pas encore que c'était le but recherché, il ne tarderait pas à le découvrir. À moins qu'il ne soit aussi écervelé que malveillant.

Avec ses amies, Cecilia se déplaça sur le côté de la pièce.

— Je compte sur vous toutes pour me protéger des velléités d'entremetteuse de ma mère. Elle veut que j'envisage d'épouser la Menace, et je refuse.

— À cause de ce qu'il a fait il y a cinq ans, conclut Sophia, une jeune femme blanche aux cheveux blond pâle et aux yeux bleus, en hochant la tête. Je ne peux pas t'en vouloir. Il a été odieux.

— La Menace est une personne ? s'enquit Eleanor, sourcils froncés, confuse.

C'était une grande femme à la peau couleur chocolat et aux cheveux noirs, avec des yeux expressifs d'un brun profond.

— Oh que oui ! répondit Cecilia.

— C'est un homme méprisable qui a ruiné deux de mes robes lors d'une partie de campagne il y a cinq ans. Deux robes !

Eleanor fronça le nez.

— Effectivement, il *a l'air* d'une menace !

Sophie pencha la tête.

— Dommage, car il est incroyablement beau. Et riche.

— Sans compter que tu serais comtesse, puis *duchesse* un

jour, fit remarquer Dinah, balayant la pièce du regard. Le voilà. Avec Spetch.

Cecilia se tourna vers le mari de Dinah, un homme doté de cheveux châtain clair et d'un visage fin. L'homme qui se trouvait à côté de lui, la Menace, était plus grand que dans son souvenir, et plus... musclé. Il portait une élégante veste de velours violet. Ses cheveux bruns étaient ramenés en arrière pour former une queue. Il rit à un propos de Spetch, ses lèvres s'écartant pour révéler des dents blanches et une fossette particulièrement irritante. Elle ne se souvenait pas du tout de ce détail, mais peut-être était-ce parce qu'elle ne se rappelait que sa mine renfrognée ou son sourire narquois.

Il tourna la tête et elle vit son visage de face. Bon sang ! Il était *vraiment* beau. Il avait de longs cils noirs et des pommettes qui semblaient avoir été taillées par un maître sculpteur.

Se détournant de lui, elle prit une grande inspiration. Il pouvait bien être aussi séduisant que l'hiver était froid, et plus riche que le roi, cela ne changeait rien. Elle se moquait également de ses titres.

— Cela ne m'intéresse pas de devenir sa comtesse, affirma-t-elle à ses amies. Je compte sur vous pour me protéger de ses machinations. Qui sait ce qu'il a prévu ?

Et ils étaient censés aller dans la forêt ensemble le lendemain ? Cecilia se tiendrait sur ses gardes.

— S'il prépare quelque chose, nous le découvrirons, promit Dinah. Spetch me dira tout.

Cecilia lui adressa un signe de tête.

— Bien.

Pendant ce temps, Cecilia concocterait son propre plan, qui éloignerait cet homme d'elle pour toujours.

CHAPITRE 2

*J*ohn Rowley, le comte de Cosford, reconnut Mlle Cecilia Bromwell dès qu'elle pénétra dans la salle, en dépit du fait que ces cinq années l'avaient considérablement changée. La jeune fille de quinze ans était devenue une femme magnifique. Des boucles blondes retombaient sur le côté gauche de son cou, attirant son attention sur la courbe gracieuse de sa clavicule. Des sourcils délicats s'arquaient au-dessus d'yeux ronds dont les coins remontaient. Sa peau était un peu plus pâle que le riche ivoire de sa robe. Ses lèvres pulpeuses se pincèrent légèrement avant qu'elle ne se dirige vers le côté de la pièce avec ses amies. Ensuite, elle lui tourna le dos.

Timothy Arbuckle, baron Spetchley et plus vieil ami de John, laissa échapper un léger sifflement entre ses dents.

— J'ignorais que Cecilia Bromwell serait présente. Le savais-tu ?

— Oui.

Ses parents l'en avaient informé la veille au soir.

— Et tu es quand même venu ? s'exclama Spetch en riant.

John répondit à voix basse.

— Je n'avais pas le choix. Apparemment mon père et le sien ont… négocié.

Les yeux bleus de Spetch s'écarquillèrent.

— Un mariage ?

John répondit d'un lent hochement de tête.

— Tu ne peux pas vouloir une chose pareille ! dit Spetch.

— Pas particulièrement. C'est une mégère.

— Elle est venue à mon mariage, contrairement à toi, fit remarquer Spetch d'un ton légèrement accusateur.

— Je n'y peux rien, j'étais en voyage, se défendit John, qui était rentré d'Italie seulement six semaines plus tôt. Tu aurais pu attendre.

Spetch secoua la tête.

— Pour toi ? Dis ça à ma femme adorée ! En tout cas, Mlle Bromwell était plutôt charmante, à vrai dire.

John le regarda d'un air renfrogné.

— Je suis sûr qu'elle jouait un rôle. Elle devait bien se comporter pour le mariage de son amie.

— Ou bien elle te réserve son pire comportement.

Avec un grognement, John but une gorgée de madère.

— Alors, tu vas l'épouser ? s'enquit Spetch.

— Pas si je peux l'éviter. Cependant, mon père soutient catégoriquement que ce mariage serait idéal. Ils veulent signer un contrat avant la fin de la partie de campagne, et nous nous marierons au début de l'année prochaine, expliqua John, dont l'épaule tressaillit. J'espère qu'il y aura d'autres jeunes femmes célibataires ici. N'importe laquelle d'entre elles serait préférable à la Mégère.

— Eh bien ! Bonne chance à toi, Cosford. Cependant, en dehors de Mlle Bromwell, je n'ai pas vu de jeunes femmes correspondant à cette description.

John réprima un grognement et but une autre gorgée.

— Ne t'en fais pas, poursuivit Spetch. Je ne pense pas que Mlle Bromwell veuille t'épouser, pas plus que tu n'en as envie.

Vos parents devront bien accepter que vous ne soyez pas compatibles.

— Oui, c'est exactement ça.

Tout à coup, John respira un peu mieux. Bien sûr, elle résisterait aux projets de leurs parents autant que lui. Il lui lança un regard. Elle lui tournait le dos, mais il l'entendit rire. L'une des autres jeunes ladies lui jeta un coup d'œil. Parlaient-elles de lui ? Non, la Mégère ne lui accorderait pas cette satisfaction.

Michael Priestly les rejoignit, ses cheveux dorés brillant à la lumière des bougies.

— Je viens d'apprendre qu'il y aura une chasse à la bûche de Yule demain. Nous formerons des équipes, et il y aura un concours à celui qui trouvera la plus grande.

Il sourit avant de boire une gorgée de vin.

John jeta un nouveau coup d'œil à la Mégère. Forme-raient-ils une équipe ? S'il n'y avait vraiment pas d'autres jeunes célibataires dans l'assistance, il supposait que ce serait le cas. *Bon sang !* Il regarda attentivement Priest et Spetch.

— Promettez-moi de ne pas me laisser seul avec cette mégère.

Priest cligna des yeux.

— Quelle mégère ?

— Il n'est pas au courant pour elle, remarqua Spetch, tournant la tête vers Priest. Mlle Cecilia Bromwell, la blonde là-bas qui parle avec nos femmes et Mme Mainwaring.

Se tournant vers la jeune femme, Priest cilla.

— Pourquoi est-elle une mégère ?

— Parce qu'il y a cinq ans, dans cette même maison, nous participions tous à une partie de campagne, et qu'elle s'est comportée comme telle, expliqua John d'une voix tendue. Elle a ruiné mes bottes d'équitation préférées en les remplis-sant de confiture. Cela m'a empêché de faire une promenade que j'attendais avec impatience en compagnie de Spetch, Main et des autres jeunes hommes présents.

Spetch adressa un sourire ironique à John.

— Il omet de parler du moment où il a mis un serpent dans un bateau, ce qui a fait chavirer Mlle Bromwell et ma femme. Nous avons dû plonger dans le lac et les sauver.

John se rappelait cet horrible moment.

— Je ne savais pas que les filles participeraient à la promenade en barque. J'avais prévu ce serpent pour Main et toi.

Mais son plan ne s'était pas déroulé comme il l'avait imaginé, et la Mégère et son amie étaient montées dans le bateau. John n'y avait pas prêté attention jusqu'à ce qu'il entende la jeune femme qui était maintenant l'épouse de Spetch crier. Ensuite, avec horreur, il l'avait regardée se lever dans la barque et les précipiter, la Mégère et elle-même, dans le lac. Sans hésiter, il avait retiré ses bottes – celles-là mêmes que la Mégère avait abîmées le lendemain – et sa veste, pour plonger dans l'eau. Spetch avait fait de même.

Alors que la proie de ce dernier s'était révélée difficile à sauver, car elle s'agitait énormément, en proie à la terreur, John avait facilement attrapé la Mégère.

— *Je suis désolé pour le serpent, dit-il.*

Ses yeux, d'un beau brun cognac, s'arrêtèrent sur lui comme un prédateur guettant sa proie.

— *C'était vous ?*

— *Euh, oui. Ce devait être une farce pour mes amis.*

— *Oh ! C'était hilarant, c'est certain, s'exclama-t-elle, et son sarcasme se répandit sur lui comme l'eau du lac.*

— *Je suis sincèrement navré que vous soyez tombée.*

— *Vous avez abîmé ma robe. Et je ne peux même pas nager jusqu'à la berge avec ce maudit vêtement !*

— *Vous savez nager ? l'interrogea-t-il, car il trouvait cela choquant.*

— Bien sûr que oui !

Elle parlait d'un ton hautain, en colère, les yeux embrasés de fureur. Malgré cela, elle était plutôt jolie. Il entreprit de la tirer vers le rivage.

— J'aimerais vous voir nager.

— Pourquoi, parce que vous ne me croyez pas ? ricana-t-elle. Dois-je m'attendre à ce que vous mettiez un autre serpent dans mon bateau ? Je ne me laisserai pas surprendre encore. Ou peut-être me pousserez-vous simplement dans l'eau la prochaine fois. Si vous croyez que je vais m'approcher de ce lac d'ici la fin de cette partie de campagne, vous vous trompez lourdement.

— Je vous ai dit que je ne l'avais pas fait exprès.

— Bien sûr que vous l'avez fait exprès ! Seulement, je n'étais pas la bonne victime. Il s'agissait d'une mauvaise farce, qui a échoué de manière spectaculaire. J'espère que vous avez retenu la leçon.

— Et de quelle leçon parlez-vous ?

Elle posa sur lui un regard froid et furieux.

— Que si vous souhaitez prendre quelqu'un pour cible, mieux vaut ne pas le rater.

Il aurait dû prêter plus d'attention à ses paroles. Car elle l'avait pris pour cible le jour suivant, et elle avait visé terriblement juste. D'une certaine manière, il ne pouvait que l'admirer. Du moins rétrospectivement. À l'époque, il avait été furieux.

— Donc, tu as fait chavirer son bateau, et elle a riposté en mettant de la confiture dans tes bottes, résuma Priest. Voilà qui me semble de bonne guerre.

— Mais ce n'est pas la fin de l'histoire, intervint Spetch. Plus tard, après l'incident de la botte, Cosford l'a confrontée. Elle lui a dit qu'il n'avait eu que ce qu'il méritait. Il a essayé d'arguer du fait qu'il n'avait pas eu l'intention de la faire tomber dans le lac. À cela, elle a répondu que cela n'avait aucune importance, que le mal était fait, pour Dinah comme pour elle. Et qu'ils étaient quittes.

John se rappelait ce qui s'était passé ensuite. Cela n'avait pas été son heure de gloire.

— *Quittes ? répéta-t-il. Je n'avais pas l'intention de vous faire de mal, mais vous avez abîmé mes bottes et fait en sorte que je ne puisse pas aller faire du cheval avec les autres.*

Elle inclina la tête et lui adressa un sourire doucereux.

— *Pauvre de vous.*

— *Nous serions* quittes *si je* vous *faisais quelque chose de particulier. Comme ceci.*

John saisit le pichet de limonade qui se trouvait sur la table où elle était assise avec ses amies et le lui versa sur la tête.

Cela l'avait fait crier. Cela avait également attiré l'attention des autres femmes présentes dans la pièce, y compris la mère de la jeune femme et celle de John. Ce dernier avait dû s'excuser, mais il n'était pas sincère.

Il jeta un nouveau coup d'œil vers la jeune femme. Peut-être devrait-il s'excuser sérieusement maintenant. Non ! Elle n'en était pas digne. Elle avait eu ce qu'elle méritait. Un prêté pour un rendu.

Il leur suffirait de se soumettre à la chasse à la bûche de Noël et d'informer leurs parents qu'ils ne se convenaient pas. Ils en étaient sûrement capables ; après quoi, ils pourraient se séparer en limitant les dégâts.

Appliquant son plan, il se sépara de ses amis et s'approcha d'elle à grands pas. Il voyait les visages des trois autres ladies avec lesquelles elle se trouvait, et toutes scrutaient son approche avec de grands yeux. Lorsqu'il arriva derrière la Mégère... enfin, Mlle Bromwell, Dinah, la femme de Spetch, s'éclaircit doucement la gorge.

Cela prit un moment, mais la jeune femme se tourna progressivement. Elle était encore plus belle de près. Ses yeux étaient merveilleusement vifs et John voyait briller la dérision au fond d'eux. Il trouvait cela étrangement séduisant. Son nez était très légèrement retroussé, ses lèvres étaient généreuses et roses. Il brûlait de les embrasser.

Pourquoi diable pensait-il à elle de cette façon ? Il voulait une trêve, pas un rendez-vous secret.

— Bonsoir, mademoiselle Bromwell, dit-il d'un ton égal. Je me demandais si je pouvais vous dire un mot ?

— Je ne crois pas que nous ayons quelque chose à nous dire, Cosford.

Elle le parcourut d'un regard où brillait quelque chose, mais lorsqu'elle reporta son attention sur son visage, son expression le laissa manifestement sur sa faim.

Les trois autres femmes s'éloignèrent précipitamment, ce que Mlle Bromwell remarqua.

— Traîtresses, murmura-t-elle.

Heureux de l'avoir à lui seul, ne serait-ce que brièvement, il déclara :

— Je présume que nous savons tous les deux que nos parents ont l'intention de nous marier, tout comme je suppose que vous êtes aussi réfractaire à cette idée que je le suis.

— Je préférerais entrer au couvent.

Il faillit sourire.

— Parfait. Alors, nous n'aurons qu'à endurer la chasse à la bûche de Yule de demain et à les informer que nous ne sommes pas assortis. Je propose une trêve.

Elle haussa un sourcil pâle et fin.

— Sommes-nous en guerre ?

— Je ne le suis pas, répondit-il d'un air affable. Je veux juste m'assurer que vous ne l'êtes pas non plus.

— Cela fait cinq ans.

Il remarqua qu'elle ne niait pas être en conflit avec lui.

— Oui, ce qui s'est passé ici il y a cinq ans appartient à un passé lointain. Je suis convaincu que nous sommes des personnes différentes aujourd'hui. Acceptez-vous la trêve ?

Elle haussa une épaule.

— Je suppose que oui. Du moment que nous sommes d'accord sur le fait que *nous ne sommes pas compatibles*.

— Absolument.

Ce qui était dommage, car elle était vraiment très belle, et, qui plus est, intelligente. Sa robe couleur ivoire épousait ses courbes à la perfection, et le pendentif en rubis qui scintillait contre sa chair attirait son regard sur des zones qu'il valait mieux qu'il ignore. Il reporta son attention sur son visage impénétrable.

— Vous êtes ravissante ce soir.

Elle plissa les yeux vers lui, comme incrédule. C'est alors qu'il remarqua une araignée qui descendait vers l'épaule de la jeune femme. Il tendit la main pour la faire tomber, oubliant qu'il tenait un verre de madère à la main. Le vin éclaboussa le devant de sa robe.

Haletant, elle croisa son regard, horrifiée.

— Espèce d'animal !

Comment était-il parvenu à faire une chose pareille ?

— Je ne l'ai pas fait exprès ! Pas comme avec la limonade.

— Vous pensez que je vais vous croire ? Prenez votre trêve et mettez-la… dans un endroit désagréable !

— Je suis sincèrement désolé, mademoiselle Bromwell.

Il sortit un mouchoir de sa poche et tenta de tamponner le devant de sa robe. Elle repoussa sa main.

— Qu'êtes-vous *en train de faire* ?

Il se rendit compte, bien trop tard, qu'il l'avait touchée de manière inappropriée. La situation pouvait-elle empirer ? Il baissa les yeux et constata que le corsage de la jeune femme était bien mouillé. Par conséquent, il distinguait des caractéristiques qui lui étaient cachées quelques instants plus tôt…

— Euh… votre robe devient plutôt provocante, chuchota-
t-il.

Elle le toisa, posant sur lui un regard indigné.

— Vous êtes une menace !

Elle tourna les talons et se dirigea droit vers sa mère.

Zut ! Il avait manqué son coup de la pire façon qui soit.
Hélas, une trêve serait impossible. Elle serait également
inutile si elle était déjà en train de convaincre sa mère qu'ils
ne pouvaient pas faire équipe lors de la chasse à la bûche du
lendemain.

John l'espérait.

CHAPITRE 3

*C*ecilia était heureuse de pouvoir se rendre à la chasse dans une calèche où ne se trouvait pas Cosford. Qu'elle ait dû être présente ce jour-là était une véritable mascarade. Mais elle y était préparée.

Après qu'il avait renversé son vin sur elle la veille au soir, ruinant *une autre* de ses robes, la mère de Cecilia avait tenté de l'apaiser. Cette dernière avait statué que cet homme était indigne d'une compagnie féminine et a fortiori d'un mariage. Elle avait refusé de participer à la chasse s'ils avaient toujours l'intention de l'associer à la Menace.

À son grand désarroi, sa mère l'avait rejointe plus tard dans sa chambre et l'avait informée qu'elle restait en équipe avec la Menace et qu'il était sincèrement désolé pour l'incident du vin renversé. Cecilia savait qu'il ne servirait à rien de s'opposer à sa mère. Au lieu de cela, elle avait préparé sa vengeance.

Jusqu'à ce qu'il l'embarrasse à nouveau en public, elle aurait été ravie de suivre son plan qui consistait à simplement supporter le temps passé ensemble et à informer tout le monde qu'ils n'étaient pas faits l'un pour l'autre. Cela aurait été facile. Mais elle ne pouvait tout simplement pas le laisser impuni.

Pour cette raison, elle s'assurerait qu'il se perde dans la forêt. Elle avait minutieusement retiré les perles d'or de l'une de ses robes et les laisserait tomber pour repérer son chemin. Lorsqu'elle serait certaine que la Menace et elle étaient suffisamment éloignées des autres, et, avec un peu de chance, perdues, elle lui fausserait compagnie et reprendrait leur chemin en sens inverse.

Elle ne craignait pas qu'il reste dehors toute la journée. Il retrouverait sûrement son chemin. À un moment donné.

— Tu es restée terriblement silencieuse, observa Dinah alors que la calèche s'arrêtait à l'orée de la forêt.

— Vraiment ?

Cecilia était impatiente de partir et de mettre son plan à exécution.

La portière de la calèche s'ouvrit et un valet de pied aida les quatre ladies à descendre. Les gentlemen se tenaient à proximité, tout comme un groupe d'autres invités de la partie de campagne. En tout, il y avait une douzaine de personnes, mais les parents de Cecilia n'en faisaient pas partie. Le duc et la duchesse d'Ironbridge, les parents de la Menace, n'étaient pas là non plus.

Leur hôte, M. Beverley, s'avança et attira l'attention de tous.

— Comme vous le savez, nous partons à la recherche de la bûche de Yule de Broadheath ! Plus grosse elle sera, mieux ce sera, et il y aura donc un concours pour savoir qui trouvera le plus gros arbre à couper. Partez maintenant, et revenez dans l'heure. Il se pourrait qu'il neige plus tard, et nous ne voudrions pas être pris dans une tempête.

— Qu'y a-t-il à gagner ? s'écria Priest.

— Le droit de vous vanter, répliqua M. Beverley.

— C'est loin d'être une récompense, remarqua Dinah.

Cecilia y gagnerait quelque chose de bien mieux : une douce revanche sur la Menace.

— Maintenant, que tout le monde prenne un panier, suggéra M. Beverley. Ils contiennent de la nourriture et de la bière, au cas où vous auriez une petite faim pendant votre quête.

— Pourrais-je te dire un mot ? demanda Cecilia à Dinah.

Avant que tout le monde ne quitte la maison, cette dernière l'avait informée qu'avec son mari ils feraient office de chaperons pour Cecilia et la Menace. Elles en avaient ri toutes les deux, car elle avait quelques mois de plus que Dinah. Les règles de la bonne société étaient tellement absurdes !

Dinah s'éloigna du groupe avec Cecilia.

— Quelque chose ne va pas ?

— Pas du tout. J'ai un plan pour la Menace aujourd'hui et son exécution échouera si Spetch et toi êtes avec nous.

— Voilà pourquoi tu étais aussi silencieuse dans la calèche. Tu étais en train de comploter ! s'exclama Dinah, dont les yeux brillaient d'impatience. Je m'assurerai que nous soyons séparés d'une manière ou d'une autre.

Elle cligna des yeux en feignant l'innocence. Cecilia sourit.

— Parfait.

Dinah prit l'un des paniers et jeta un coup d'œil à l'intérieur.

— Il y a de la bière. Verse-la directement sur la Menace avant qu'il n'ait l'occasion de la renverser sur toi !

Après avoir ri de la plaisanterie de son amie, Cecilia attendit que tous les paniers aient été pris à l'exception du dernier. Tout le monde s'était mis en équipe ; il ne restait que la Menace et elle, qui échangeaient des regards méfiants. Relevant le menton, elle se dirigea vers le panier et le ramassa. Il la rejoignit à ce moment-là.

— Voulez-vous que je le porte ?

Elle se dit qu'elle pouvait le lui laisser, car, avec un peu de chance, il se retrouverait seul et perdu pendant un certain temps.

— Si vous le voulez.

Elle le reposa plutôt que de le lui tendre. Soulevant le panier, il croisa son regard et grimaça.

— Je suis désolé pour hier soir.

— C'est ce que vous avez dit.

— Vous ne me croyez pas ?

— Qu'importe ce que je crois ? Le mal est fait, quelle qu'ait été votre intention. Vous portez malheur, tout simplement.

Il eut le culot de rire… cette *menace* !

— Vraiment ? Et si c'était vous qui portiez malheur ?

— Seulement en votre présence, murmura-t-elle. Voilà pourquoi je ne suis pas très enthousiaste à l'idée de notre duo d'aujourd'hui. Finissons-en le plus vite possible.

— Nous pourrions tout simplement rester ici, suggéra-t-il.

Elle n'aurait eu aucun mal à le prendre au mot avant la débâcle de la veille au soir.

— Non. Nous devons donner la preuve que nous essayons d'apprendre à nous connaître. Sinon, comment pourrons-nous affirmer avec certitude à nos parents que nous ne sommes pas compatibles ?

John soupira.

— Vous avez raison. Alors, venez, dit-il, se dirigeant vers la forêt, avant de s'arrêter brusquement et de jeter un coup d'œil autour de lui. Nous sommes censés être accompagnés par Spetch et sa femme. Où sont-ils allés ?

Cecilia pointa du doigt une direction que personne d'autre n'avait empruntée.

— Ils sont partis par là, je crois. Nous devrions essayer de les rattraper.

Elle le conduisit le long de la lisière de la forêt pendant plusieurs minutes, puis s'aventura entre les arbres.

— Spetch et moi avons l'intention de trouver le plus grand arbre, dit-il. Je veux gagner.

Elle lui jeta un regard en coin tandis qu'il allongeait le pas pour marcher à côté d'elle.

— Même s'il n'y a pas de véritable prix ?

— La notoriété me suffit.

Cecilia laissa échapper un doux rire.

— Voilà qui ne me surprend pas.

— Cela ne me surprend pas non plus.

— Il semblerait que nous en sachions plus l'un sur l'autre que nous ne le pensions, remarqua la jeune femme. Ce qui, pour le coup, est surprenant, car nous n'avons pas appris à nous connaître il y a cinq ans.

Ils cheminèrent en silence entre les arbres pendant quelques minutes. L'odeur de pin et de terre humide emplissait l'air, et un calme hivernal naturel s'installa entre eux. Elle glissa sa main dans sa poche et en sortit une poignée de perles en or. Subrepticement, elle les fit tomber à intervalles réguliers du côté opposé à celui où il marchait à côté d'elle.

— Je regrette que nous n'ayons pas pu nous rencontrer comme il se doit, déclara-t-il, rompant la paix alors qu'ils débouchaient sur une large clairière. L'incident du bateau est survenu relativement tôt au cours de la partie de campagne, et je n'avais pas encore fait connaissance avec vous.

Elle ne croyait pas un instant à ses remords.

— Nous avons été présentés.

— Oui, mais je n'ai pas passé de temps avec vous. Si je me souviens bien, votre groupe de filles restait très soudé.

— Tout comme votre groupe de jeunes hommes était inséparable. J'ai le souvenir de vous avoir entendu vous lamenter longuement d'avoir raté votre précieuse excursion à cheval avec eux.

John baissa la tête.

— Je ne dirais pas que je me lamentais. J'étais irrité.

— *Irrité* est un terme bien plus digne que ce que vous étiez. Les personnes *irritées* ne renversent pas de pichets de limonade sur la tête des autres, en particulier de jeunes ladies qui s'occupent de leurs affaires.

— Mettre de la confiture dans mes bottes, ce sont vos affaires ?

— Ce jour-là, c'était le cas. Vous l'aviez bien cherché, répliqua-t-elle, agitant la main. Cela ne sert à rien d'y revenir. Finissons-en avec cette quête de la bûche.

— Où diable sont passés Spetch et Dinah ? demanda-t-il, fronçant les sourcils.

— Ils ne doivent pas être loin.

Elle accéléra le pas et passa devant lui. Elle avançait toujours rapidement tandis qu'ils pénétraient à nouveau entre les arbres de l'autre côté de la clairière. Elle comptait sur son esprit de compétition pour qu'il la dépasse à grandes enjambées, ce qui lui permettrait de s'enfuir. Mais d'abord, elle devait s'assurer qu'ils soient loin de tout le monde. Elle continua à laisser tomber des perles pour repérer leur chemin.

Ils maintinrent leur rythme soutenu pendant un certain temps, un quart d'heure au moins, selon Cecilia. La fatigue commençait à la gagner ; elle décida alors de ralentir. La partie d'elle qui aimait gagner se hérissait à l'idée de le laisser prendre de l'avance sur elle. Mais elle se rappela qu'elle gagnerait à la fin.

— Fatiguée ? demanda-t-il par-dessus son épaule quelques minutes plus tard. Nous pouvons nous arrêter pour nous reposer, si vous en avez besoin. Je pense que nous avons complètement perdu Spetch et Dinah. Ainsi que tous les autres.

Elle avait besoin qu'il continue d'avancer.

— Je vois de plus grands arbres un peu plus loin.

Il accéléra le pas, et elle en profita pour marcher encore plus lentement. Elle agit ainsi pendant plusieurs minutes, continuant à laisser tomber des perles jusqu'à ce qu'il soit presque hors de vue au milieu des arbres. La neige se mit à tomber doucement. Si elle voulait mettre son plan à exécution, elle devait le faire maintenant.

Se déplaçant rapidement, elle s'élança dans la direction d'où elle était venue, courant presque jusqu'à ce qu'un point de côté l'oblige à ralentir. La neige tombait de plus en plus fort, mais le couvert des arbres l'empêchait heureusement de recouvrir sa piste de perles. Cependant, il devenait difficile de les trouver, car le jour s'assombrissait en raison de l'épaisse couverture nuageuse.

Finalement, elle atteignit la clairière. Mais là, elle s'arrêta net. En l'absence d'arbres, le sol était entièrement recouvert de blanc. Comment allait-elle retrouver son chemin de perles ? Observant l'autre côté de la clairière, elle tenta de retrouver d'où ils avaient débouché. C'était impossible à dire. Elle pourrait avancer dans la neige, qui détremperait ses bottes, et essayer de retrouver le sentier, ou bien retourner chercher la Menace en espérant qu'il se souvienne du chemin.

Elle n'appréciait aucun de ces choix. *Zut !*

Mettant sa colère de côté, elle résolut de faire ce qui était le plus logique, et non ce que sa fierté exigeait. Ce qui signifiait qu'elle devait partir à la recherche de la Menace. Et si elle ne le retrouvait pas ? Son chemin de perles ne la mènerait pas plus loin. Il avait sans doute continué à avancer. S'était-il seulement rendu compte qu'elle avait disparu ?

Elle ne tarderait pas à le découvrir. Avec un peu de chance. Car si elle ne le retrouvait pas, et qu'il continuait à neiger ainsi, elle allait au-devant d'ennuis.

CHAPITRE 4

*L*a neige tombait de plus en plus fort. John bascula la tête en arrière et reçut un flocon dans l'œil pour sa peine. Essuyant sa paupière, il se demanda s'ils ne devraient pas faire demi-tour.

— Vous êtes terriblement silencieuse.

John s'arrêta et se retourna pour chercher la Mégère. Recommençait-il à l'appeler ainsi ? Apparemment. La raison pour laquelle elle le troublait était un mystère. Il était généralement aimable et même charmant. Mais, pour une raison ou une autre, elle le provoquait.

Elle n'était plus derrière lui. S'était-elle arrêtée pour se reposer ? Il la revoyait refuser de lui dire qu'elle avait besoin de faire une pause.

Prenant une grande inspiration, secouant la tête, il revint sur ses pas et chercha ses jupes rouges qui étaient visibles sous sa cape bleu foncé lorsqu'elle marchait. Le sol était tacheté de blanc aux endroits où la neige s'était frayé un chemin à travers les arbres.

Au bout d'un moment, il s'arrêta et fronça les sourcils. Il posa le panier et regarda en arrière, là d'où il était venu, puis

il tourna sur lui-même. Il avait été sur le point de crier « Mégère ». Levant les yeux au ciel, il cria :

— Mademoiselle Bromwell ? Mademoiselle Bromwell ?

Où était-elle passée ? Comment avait-elle pu se perdre
alors qu'elle était derrière lui ?

Ramassant le panier, il reprit le chemin par lequel ils
étaient arrivés. Du moins, il lui semblait que c'était de là
qu'ils étaient venus. En réalité, il ignorait quelle direction
prendre, mais il ne l'admettrait jamais.

— Mademoiselle Bromwell ?

Il entendit des bruissements. Puis ce qui ressemblait à des
marmonnements. Plutôt que de crier son nom à nouveau, il
continua à avancer furtivement en direction du bruit.

Lorsqu'il l'aperçut, il s'arrêta et tendit une oreille atten-
tive. Elle jurait. De façon plutôt colorée. Il ne put réprimer le
sourire qui lui monta aux lèvres.

Elle se tourna vers lui, mais il n'avait pas fait un bruit.

— Pourquoi souriez-vous ?

Il s'approcha d'elle en balançant le panier.

— Êtes-vous perdue ?

Elle posa une main sur sa hanche.

— L'êtes-*vous* ?

— Je vous cherchais. Vous étiez censée être juste derrière
moi, remarqua-t-il avant de faire une pause, inclinant la tête
pour la dévisager. Comment peut-on se perdre en suivant
une autre personne ?

Elle lui jeta un regard noir, l'air aussi sombre que le ciel
au-dessus de leurs têtes.

— Je ne suis pas perdue. Je vous cherche. *Vous* êtes perdu.

Elle n'avait pas tort, mais il n'allait pas le lui dire.

— Comment se fait-il que vous deviez me chercher alors
que j'étais juste devant vous ?

Un grognement sourd se fit entendre, et il craignit un
instant qu'un loup ne soit dans les parages. C'est alors qu'il se

rendit compte que le son venait d'elle. Elle posa son autre main sur son autre hanche et lui fit face, les yeux plissés par la colère.

— J'ai *essayé* de vous perdre. J'avais un superbe plan pour vous abandonner dans la forêt, mais cette neige a ruiné…

— *Arrêtez*, lui intima-t-il, la regardant droit dans les yeux. Expliquez-moi votre plan idiot.

Cecilia renifla.

— En réalité, il était plutôt brillant. J'ai laissé une piste de perles qui devait me ramener aux calèches. Une fois que j'aurais réussi à vous éloigner suffisamment des véhicules et de tout le monde, je serais revenue seule.

John continuait à l'observer en silence. Lorsqu'elle agita les épaules et qu'elle commença à avoir l'air un peu mal à l'aise, il se détendit légèrement.

— Vous auriez retrouvé votre chemin, murmura-t-elle.

Il n'était pas aussi confiant qu'elle, car il n'avait pas vraiment le sens de l'orientation. Mais il ne lui accorderait pas la satisfaction de le savoir.

— Je ne vois pas trop comment, puisque vous avez pensé que nous serions suffisamment enfoncés dans la forêt pour que vous ayez besoin de perles pour trouver votre chemin, remarqua-t-il, et il devait bien admettre que c'était plutôt astucieux de sa part. Si ce stratagème est plus élaboré que de mettre de la confiture dans mes bottes, je crains que le résultat ne soit moins satisfaisant, puisque vous en subirez les conséquences avec moi.

La jeune femme grimaça.

— Peut-être mon plan n'était-il pas aussi brillant que je le pensais. Je ne m'attendais pas à ce qu'il neige.

John posa une main sur sa hanche et balaya les environs du regard.

— Donc, vous ne savez pas du tout comment retrouver les calèches ? s'enquit-il, car lui l'ignorait totalement.

— Malheureusement, non.

Il remarqua que certaines parties de la cape de la jeune femme devenaient blanches de neige. Elle serait bientôt trempée. Tout comme lui.

— Nous ferions mieux d'essayer de retrouver notre chemin.

Il tourna les talons et commença à marcher.

— Pas par là, intervint-elle. C'est de là que vous êtes venu.

Bon sang ! Elle avait raison. Il fit un signe de la main.

— Alors, ouvrez la voie.

— Je peux vous ramener à la clairière. Peut-être saurez-vous retrouver l'endroit d'où nous l'avons traversée.

Il ne parierait pas là-dessus. Mais quel autre choix avaient-ils ?

Elle le dépassa, le regard fixé droit devant. Au bout de quelques minutes, elle s'arrêta net et se retourna pour lui faire face.

— Cela ne me dit rien. Vous m'avez désorientée !

— C'est *ma* faute ? Ce n'est pas moi qui ai prévu d'abandonner l'autre en pleine forêt au mois de décembre !

Elle le regarda fixement. Froidement.

— Comment pensiez-vous retrouver votre chemin une fois que nous aurions trouvé la bûche ?

— Eh… j'imaginais que nous serions avec Spetch. Et que les autres seraient à portée de voix.

Tel avait été le plan de John de toute façon, puisqu'il se perdait facilement.

— Vous ne savez pas où aller ? s'enquit-elle, croisant les bras.

Il regarda tout autour de lui, sans trouver la moindre piste.

— Pas plus que vous, apparemment.

— Nous sommes vraiment perdus, alors.

— Et trempés.

Elle enroula ses bras autour d'elle.

— Nous allons mourir de froid.

Pour la première fois depuis qu'ils se connaissaient, elle avait l'air vulnérable. John fit un pas vers elle.

— N'ayez pas peur. Nous retrouverons notre chemin. Ou nous trouverons un abri. Peut-être y a-t-il une cabane de bûcheron ou un autre abri dans les environs, dit-il, et il avait l'intention de s'accrocher à cet espoir.

John prit la main de Cecilia et commença à marcher. Seulement, elle n'avança pas avec lui. Elle contemplait leurs mains jointes.

— Pourquoi avez-vous fait cela ?

La relâchant, il haussa les épaules.

— Je l'ignore. Venez.

Il la conduisit en haut d'une pente, espérant qu'ils repéreraient le chemin du retour. À la place, il vit un toit au loin, qu'il pointa du doigt.

— Là, vous voyez ?

Elle hocha la tête.

— Oui. Dépêchons-nous ! s'exclama-t-elle, et elle se mit à marcher très vite en direction du bâtiment.

John ne savait pas du tout si elle avait le sens de l'orientation, mais il se dit qu'elle était sans doute plus douée que lui pour cela, alors il la suivit. Une dizaine de minutes plus tard, ils pénètrent dans une petite clairière. La neige montait plus haut que les bottes de John, et la partie basse des vêtements de Cecilia était sûrement trempée. Il envisagea de la porter. Mais, si lui saisir la main l'avait déjà affolée, la prendre dans ses bras ne manquerait pas de la bouleverser.

Il se hâta de rejoindre le petit cottage, priant pour que la porte soit déverrouillée et qu'il y ait du bois pour faire du feu à l'intérieur. Heureusement, la porte s'ouvrit.

— J'ose espérer qu'il y a des meubles ! dit Cecilia alors qu'il lui tenait la porte.

Il avait omis de prier pour cela aussi. Il se contenterait d'un toit au-dessus de leurs têtes et d'un feu. Refermant soigneusement la porte, il se rendit compte que le cottage ne comportait qu'une seule et unique pièce. Et il y avait des meubles : une petite table, une seule chaise, et un lit étroit. John posa le panier sur la table.

— Au moins, nous avons de la nourriture.

— Il n'y a pas de bois, constata la jeune femme. Vous allez devoir couper un arbre. Y a-t-il une hache ?

Le temps qu'il puisse abattre un arbre et le débiter en bois utilisable, elle risquait fort d'être gelée.

— Je vais aller chercher du bois dehors.

Il sortit et en trouva empilé contre le côté du cottage. Il n'y avait pas grand-chose, mais ce serait suffisant, même s'ils devaient passer la nuit sur place. Il essaya de ne pas penser à cette éventualité.

La neige tombait maintenant en abondance. Il se hâta de porter plusieurs brassées de bois à l'intérieur. Lorsqu'il entra pour la dernière fois, il remarqua qu'elle avait préparé le feu et qu'elle s'efforçait de l'allumer.

Il retira son chapeau, envoyant involontairement des gouttelettes voler dans la pièce, et il le posa sur la table.

— Avez-vous besoin d'aide ?

— Je ne crois pas.

Elle se releva, et le feu vacilla dans l'âtre. La cheminée occupait la plus grande partie de l'un des murs les plus courts du cottage rectangulaire. Il ne pouvait qu'admirer ses compétences en matière d'allumage de feu. Mlle Bromwell était une femme surprenante. Et elle frissonnait.

— Tenez, vous devez retirer vos vêtements mouillés. Donnez-moi votre cape, suggéra John en lui tendant la main.

Elle pinça les lèvres.

— Essayez-vous de me déshabiller ? Je savais que vous

étiez une canaille, mais je n'avais pas compris que vous étiez *ce* genre de canaille.

John se retint si fort de lever les yeux au ciel que c'en était presque douloureux.

— J'essaie de faire en sorte que vous n'attrapiez pas froid. Vous devez au moins retirer votre cape. Mais je vois que votre robe est également mouillée. Vous devriez l'ôter également. Vous pouvez vous couvrir avec une couverture.

Il jeta un regard en direction du lit.

— Il n'y en a qu'une. Qu'une seule couverture, précisa-t-elle. Au cas où vous penseriez à faire de même.

— Cela ira pour moi.

Son pardessus semblait un peu plus épais que la cape de la jeune femme. Pourtant, il était passablement humide, surtout après avoir été chercher le bois. Il se débarrassa du manteau et le pendit à l'un des nombreux crochets fixés au mur près de la porte. Ils apparaissaient comme le seul moyen pour les occupants du chalet de ranger leurs vêtements, car il n'y avait ni commode, ni armoire, ni même une malle.

John se retourna et il constata que Cecilia avait retiré sa cape. Cependant, au lieu de la lui donner, elle passa devant lui et la suspendit au crochet le plus éloigné de son pardessus. Elle ôta ensuite son joli chapeau garni de fourrure et le posa sur un autre crochet.

— Vous devez vous retourner, lui dit-elle avec insolence en se dirigeant vers le lit.

— Cela vous dérange-t-il si je fais face au feu ? Je ne me tiendrai pas directement devant.

Il ne lui prendrait pas toute la chaleur.

— Faites ce que vous voulez.

Allait-elle se montrer désagréable pendant tout le temps où ils resteraient enfermés ensemble ?

John décida de retirer sa veste, dont les épaules étaient également humides. Après l'avoir suspendue près de son

pardessus, il s'approcha du feu, tournant le dos à
Mlle Bromwell.

Plusieurs minutes s'écoulèrent. Elle marmonna quelque
chose, l'air frustré.

— Avez-vous besoin d'aide ? lui proposa John.

Il avait aidé un certain nombre de ladies à se déshabiller
et il était conscient que cela pouvait représenter un défi
pour elles sans assistance. Mlle Bromwell avait certainement
une femme de chambre qui l'aidait à s'habiller et à se
déshabiller.

Elle répliqua sèchement.

— Non. Merci, ajouta-t-elle d'un ton plus modéré.

Quelques minutes s'écoulèrent encore, pendant lesquelles
elle continua à marmonner. Il se rendit compte qu'elle jurait.

— Bon, très bien ! J'ai besoin de votre aide, concéda-t-elle
avec un ton exaspéré. Vous pouvez vous tourner.

Lorsqu'il le fit, ce fut pour constater qu'elle lui tournait le
dos. Sa robe était en partie défaite et les lacets s'étaient
emmêlés.

— Je vois le problème. Je vais vous libérer en un clin d'œil.

John se plaça derrière Cecilia et entreprit de défaire le
nœud.

— Mes mains sont trop froides, se justifia-t-elle.

— Tenez, rapprochez-vous du feu.

Il posa une main sur sa taille et manqua de sursauter à
l'instant où une décharge de conscience lui remonta le long
du bras. Ignorant cette sensation, il la guida jusqu'à l'âtre.

— Réchauffez vos mains.

Elle fit face au feu tandis qu'il se remettait au travail sur
sa robe.

— Merci. C'est très gênant.

— Oui.

En dépit de tous ses efforts, il ne pouvait s'empêcher de
penser à la réaction de son corps lorsqu'il l'avait touchée,

comme s'ils étaient aimantés. Il n'avait pas envie de la relâ-
cher, pourtant il était absolument nécessaire qu'il le fasse.

Heureusement, il parvint à dénouer les lacets.

— Voilà. Je vais me remettre près du feu.

Il pivota, la contourna, et se plaça face à l'âtre. Elle était
toujours là, et le regard de Cecilia croisa le sien, empli d'une
gratitude surprenante.

— J'apprécie votre aide.

— J'espère que vous me ferez savoir si je peux vous aider
davantage.

Elle lui adressa un léger signe de tête, puis elle se retourna
et disparut. Il l'entendit marcher sur le parquet et, un instant
plus tard, elle était de nouveau à ses côtés, la couverture
enroulée autour de ses épaules, couvrant ses sous-vêtements.
Enfin… la plus grande partie. Il voyait le devant de sa taille,
là où les pans de la couverture ne se rejoignaient pas, parce
qu'elle les tenait ensemble plus haut sur sa poitrine. Il aperce-
vait également son cou, qui avait été en grande partie couvert
par sa robe, qui était boutonnée presque jusqu'à son menton.

Ils gardèrent le silence pendant plusieurs minutes, tandis
qu'ils laissaient la chaleur s'infiltrer en eux.

— Je devrais retirer mes bottes, dit-elle enfin. Elles sont
plutôt humides.

Il ne voulait pas qu'elle s'éloigne du feu. Balayant le
cottage du regard, il songea à avancer le fauteuil près de
l'âtre, mais alors un seul d'entre eux pourrait s'y installer.
Cependant, s'il déplaçait le lit devant la cheminée, ils pourraient tous deux s'asseoir et être près de la chaleur.

— Un instant.

Il s'approcha du lit accolé au mur et le déplaça parallèle-
ment à l'âtre.

— Que faites-vous ?

— Je trouve un moyen pour que nous puissions nous
asseoir tous les deux devant le feu.

— Eh bien, c'est astucieux.

John se figea.

— Attendez. Serait-ce… de l'approbation que j'entends ?

— Ce n'est qu'une observation, rien de plus.

Elle s'assit sur le bord du lit et se pencha pour retirer les lacets de ses bottes. Lorsqu'elle eut terminé, elle les retira et les plaça sur le côté de la cheminée pour qu'elles sèchent.

Prenant le panier de nourriture sur la table, John l'apporta vers le lit, s'assit, et le plaça entre eux deux. Il ferait office de barrière, ce qui lui semblait nécessaire. Non seulement parce qu'il se sentait attiré par elle, mais aussi parce qu'il aurait pu parier qu'elle voulait que quelque chose les sépare.

— Combien de temps croyez-vous que la tempête va durer ? s'enquit-elle.

Il se tourna vers l'unique petite fenêtre située au-dessus de la table, sur le même mur que la porte. Il neigeait si fort qu'il ne voyait pas dehors.

— C'est impossible à dire. Cependant, la situation n'est guère rassurante. Je me demande ce qui est arrivé aux autres.

Cecilia tourna la tête vers lui, les yeux écarquillés.

— Croyez-vous qu'ils nous trouveront ? Si l'on nous trouve ensemble comme cela…

Elle pinça les lèvres, l'air sinistre. Il termina sa phrase dans son esprit : *nous serons obligés de nous marier.*

— Malheureusement, je pense que nous sommes assez éloignés des autres. Toutefois, mon sens de l'orientation laisse à désirer.

— J'ai cru comprendre, dit-elle avec ironie, semblant s'amuser avec lui plutôt que de se moquer de lui.

Était-ce un progrès ? Y avait-il une chance qu'ils ressortent de cette expérience en ne se détestant plus ?

— J'espère qu'ils sont tous retournés aux calèches, et qu'ils sont en route pour Broadheath.

— Sans nous ? demanda-t-elle, surprise. J'aurais pensé qu'ils nous chercheraient, au moins.

— Ce serait une entreprise extrêmement difficile dans cette tempête.

— Ma mère va être furieuse, murmura-t-elle en approchant ses mains du feu.

Sans ses mains pour la retenir, la couverture de laine s'entrouvrit, dévoilant son corset. Le vêtement était très joli, avec des fleurs brodées qui semblaient inutiles sur un sous-vêtement. Il essaya de ne pas regarder le renflement de ses seins qui dépassaient du corset et échoua lamentablement. Il détourna la tête vers le feu.

— J'espère que nous ne passerons pas la nuit ici. Ce serait vraiment le coup de grâce.

S'il devait passer la nuit ici avec elle, ils étaient définitivement condamnés.

Ils devraient se tenir chaud, et il n'y avait qu'un seul lit et qu'une seule couverture. Même s'il ne se passait rien entre eux, et *il ne se passerait rien*, les gens le supposeraient malgré tout.

John espérait ardemment que la tempête prendrait bientôt fin.

CHAPITRE 5

Cecilia essayait de ne pas penser au fait qu'elle était assise sur un lit avec un gentleman qu'elle était censée épouser, mais dont elle ne voulait pas.

Seuls dans un cottage. En pleine tempête de neige. Partiellement dévêtus.

C'était un désastre. Et tout était de sa faute à elle.

Vraiment ? Apparemment, ils avaient tout au long de leur chasse risqué de se perdre, car la Menace était dotée d'un terrible sens de l'orientation.

— Je suis navrée que mes perles n'aient pas pu nous ramener, dit-elle d'une voix douce.

— Moi aussi. Vous avez eu l'intelligence de les utiliser, même si c'était à des fins malveillantes.

Cecilia éclata de rire.

— N'êtes-vous pas en colère ?

— Mon instinct de survie l'emporte sur mon indignation. Maintenant que je suis assis ici avec vous, prisonnier de ce minuscule cottage, je pense qu'il est sans doute préférable que nous essayions de nous entendre au lieu de nous fusiller du regard dans un silence de plomb.

Elle ne trouvait rien à redire à cela, même si elle en avait envie.

— J'espère que vous ne me demandez pas d'oublier le passé. Je suis disposée à mettre cela de côté pour l'instant, mais nous ne serons jamais amis.

— Effectivement, je ne crois pas, surtout après hier soir.

Se tournant vers lui, elle resserra la couverture devant sa poitrine.

— Vous admettez donc l'avoir fait exprès ?

— Absolument pas. Simplement, je ne m'attends pas à ce que vous me croyiez un jour. J'essayais vraiment d'écarter une araignée, expliqua-t-il, levant un doigt pour ponctuer son propos. Ce que j'ai fait, d'ailleurs.

— Je devrais vous considérer comme mon vaillant sauveteur ? Je n'ai pas plus peur des araignées que des serpents.

— Je m'en doute, répondit-il, ironique. Voulez-vous manger ?

— Si vous le voulez.

Le contenu du panier était enveloppé dans un linge qu'elle ouvrit. Par manque de chance, il n'était pas assez grand pour faire office de deuxième couverture.

— Il y a du pain, du fromage, du jambon et quelques fruits secs. Et de la bière, énuméra Cecilia, qui brisa un morceau de fromage et prit une tranche de pain dans le panier. Servez-vous.

Il attrapa des fruits. Ils mangèrent en silence pendant un moment. Quand il eut terminé ce qu'il avait pris, il regarda à nouveau dans le panier.

— Pas de confiture ?

Cecilia venait de prendre une bouchée de pain et de fromage et manqua de s'étrangler. Elle ne voulait pas le trouver amusant, mais il la surprenait.

— Qu'est-ce qui vous a décidé à mettre de la confiture dans mes bottes ? demanda-t-il aimablement, comme s'il s'agissait d'une conversation ordinaire entre deux personnes à l'occasion d'une simple rencontre.

— Je savais que cela vous empêcherait de monter à cheval. Cela m'a semblé approprié, puisque vous m'avez empêchée de participer aux activités du jour après ma chute dans le lac. Lorsque je suis retournée à la maison, ma mère m'a obligée à rester au lit pour éviter de prendre froid.

Il cligna des yeux.

— C'était une journée chaude.

— Le lac ne l'était pas. Chaud, je veux dire. Ce dont vous devriez vous souvenir puisque vous êtes venu à mon secours.

— Je ne me rappelle pas la température de l'eau. Je me souviens d'avoir été surpris et impressionné que vous sachiez nager.

— Je vous en prie, ne me complimentez pas. J'ai déjà du mal à accepter votre aide et votre compagnie, rétorqua-t-elle, car elle ne voulait pas l'apprécier. Quoi qu'il en soit, ma mère a jugé nécessaire que je me repose après mon « épreuve dans le lac », et j'ai manqué tous les divertissements de l'après-midi et de la soirée, y compris les jeux de société.

Grimaçant, il sortit la bouteille de bière du panier.

— Je n'y avais pas pensé. Toutes mes excuses. Sincèrement. Vous aviez raison. C'était une mauvaise farce et je n'aurais pas dû la faire.

Elle l'observa tandis qu'il ouvrait la bière.

— Vous n'êtes pas vraiment en train d'assumer la responsabilité de cela.

— Si. Je ne cherchais pas à faire du tort, mais je vois maintenant que c'était presque garanti. Je suis heureux que vous n'ayez pas été blessée.

— Personne n'a souffert en dehors de ma fierté, dit-elle avec un petit grognement.

— Est-ce que vous venez de grogner ?

— C'est une mauvaise habitude, je le crains. Ma mère déteste cela.

Elle lui jeta un regard en coin avant de prendre une nouvelle bouchée de pain et de fromage.

— Malheureusement, il n'y a pas de gobelets pour la bière. Et notre logement est lamentablement dépourvu de tout confort, comme des ustensiles ou des récipients pour boire.

— Je me plaindrai au propriétaire, proposa Cecilia avec un petit sourire.

— Oui, faites cela. Pendant que vous y êtes, dites-lui que l'ameublement laisse également à désirer. *Une* seule couverture ?

— Avez-vous froid ? s'enquit-elle, se demandant si elle devrait partager la couverture. Vous pouvez la prendre à votre tour.

Elle commença à retirer la couverture de ses épaules, mais John leva la main.

— Mieux vaut que vous gardiez cela autour de vous, au moins jusqu'à ce que votre cape soit sèche, et que vous puissiez l'utiliser à la place.

Cecilia se tourna vers l'endroit où leurs vêtements étaient suspendus.

— Ils seraient mieux près du feu, mais je ne sais pas où nous pourrions les placer.

— Le plus important, c'est de rester au chaud.

Il but une gorgée de bière dans la bouteille, puis la lui offrit.

Elle la fixa, et son pouls se mit soudain à battre plus vite. Puis elle leva son regard vers le sien.

— Je vais devoir poser ma bouche là où se trouvait la vôtre ?

De petites taches rouges apparurent sur les joues de la jeune femme.

— Je n'y avais pas pensé. Comme je l'ai dit, il n'y a pas de gobelets.

Prenant la bouteille des mains du jeune homme, elle tenta de faire cesser les tremblements qui agitaient son corps.

— Nous sommes déjà là, partiellement dévêtus, assis ensemble sur un lit. De toute façon, ce n'est pas comme si vous mettiez votre bouche sur la mienne.

Juste ciel! Maintenant, elle y songeait. Elle n'avait embrassé qu'un seul homme dans sa vie, au cours de la saison dernière. Ils s'étaient retrouvés dans l'ombre du jardin à l'occasion d'un bal ou d'un autre, un événement tellement quelconque qu'elle ne se souvenait même pas de l'endroit où il s'était déroulé. Tout le monde, y compris ses amies aujourd'hui mariées, parlait toujours des plaisirs du baiser, mais Cecilia n'en avait encore jamais fait l'expérience. Cela ne l'avait pas empêchée de leur soutirer des détails sur les baisers et d'autres actes. Ce n'était certainement pas auprès de sa mère qu'elle obtiendrait ces informations, et il était important pour une femme de savoir ces choses avant le mariage. Sans cela, elle devrait s'en remettre à son mari pour la guider, ce qui ne semblait pas être une bonne chose.

— Vous sembliez perdue dans vos pensées. Où êtes-vous partie? demanda la Menace.

— Je me disais qu'il faudrait vraiment que je cesse de songer à vous comme à la Menace, déclara-t-elle avant de refermer sa bouche à l'endroit précis où s'était trouvée la sienne et d'avaler une gorgée de bière.

Ses lèvres et sa langue étaient maintenant à la place de celles de John. Un autre frisson la parcourut.

John éclata de rire.

— Vous m'appelez la Menace?

— Cela vous convenait parfaitement il y a cinq ans, et il vous en reste des traces.

— Ah ! Eh bien ! Je vous avoue que je vous ai appelée la Mégère depuis cette partie de campagne.

— Espèce de… *menace* !

Elle posa la bouteille sur le sol et lui donna une tape sur le bras. Et elle lutta de toutes ses forces pour ne pas sourire.

Il frotta son biceps.

— Aïe ! Vous êtes plus forte que vous n'en avez l'air ! J'aurais dû vous demander de m'aider avec le bois.

— Cela aurait été plus en accord avec votre manque de savoir-vivre.

— Je ne suis pas comme cela, dit-il tranquillement, fronçant les sourcils. Enfin, je suppose que je le suis avec vous.

Il s'interrompit, puis croisa son regard.

— Vous me provoquez comme personne d'autre ne le fait.

Elle plongea dans ses yeux noisette, qui étaient vraiment captivants, et se rendit compte qu'elle n'arrivait pas à s'en détacher.

— Oh !

Pour une raison qu'elle ignorait, son regard la rendait d'autant plus consciente que ses lèvres s'étaient trouvées là où avaient été les siennes, et elles la picotaient.

Rapidement, elle mit dans sa bouche le reste du pain et du fromage, puis reporta son regard sur le feu. Après avoir avalé, elle lui demanda :

— Où avez-vous trouvé ce serpent ?

Mieux valait qu'ils continuent à parler, surtout de choses qui pouvaient l'irriter, pour qu'elle cesse de se sentir si… attirée par lui.

— Je suis allé au lac environ une heure avant le rendez-vous pour le pique-nique et la promenade sur le lac. Je l'ai trouvé dans l'herbe et je l'ai glissé dans l'un des bateaux. J'avais prévu d'orienter mes amis vers cette embarcation, mais vous êtes arrivées d'abord. Je n'avais pas pensé un seul instant que l'une d'entre vous voudrait ramer sur le lac.

— Mauvaise hypothèse.

— Je l'ai bien compris. Je ne sous-estimerai plus jamais le beau sexe, surtout pas vous.

Elle lui adressa un sourire des plus provocateurs.

— Vous me flattez, lord Cosford.

John lui sourit.

— C'est lord *Menace* pour vous.

Toute la bonne humeur de Cecilia s'envola. Il fleuretait avec elle.

— S'il vous plaît, arrêtez.

— Qu'ai-je fait ?

— Vous êtes agréable.

Il fronça ses sourcils sombres.

— J'ai dit que je préférais cela plutôt que de passer ce temps qui nous est imposé à nous disputer.

Réprimant un gémissement, elle attrapa la bière et en but une longue gorgée, puis la reposa sur le sol.

— Ne pourriez-vous pas vous contenter d'être… tolérable ? La confiture était une réaction excessive, concéda-t-elle, gardant son attention rivée sur le feu. Même si vous aviez voulu que *je* tombe dans le lac, je n'aurais pas dû riposter. J'ai deux frères aînés et je suis habituée à rendre autant de coups que je reçois.

— Merci, répondit-il d'une voix douce et chaleureuse. *Deux* frères aînés ? Cela n'a pas dû être facile.

— Cela pouvait être un véritable défi, même si aucun d'entre eux n'a mis de serpent dans mon bateau, dans mon lit ou dans tout autre endroit où j'aurais pu tomber dessus par hasard.

Cecilia tourna la tête vers John et se rendit compte qu'il l'observait attentivement. Comme s'il était intrigué. Comme s'il ne pouvait pas détourner le regard.

— Je peux me montrer impulsif, admit-il d'une voix tranquille. Parfois, il me vient une idée sans réfléchir ou je réagis sans tenir compte des conséquences de mes actes. C'était particulièrement vrai quand j'étais plus jeune. J'espère avoir mûri. C'est pour cela que mon père m'a envoyé sur le Vieux Continent pendant six mois. Pour, comme il l'a dit, « apaiser mon comportement ».

— Et cela a-t-il fonctionné ?

— Je le pensais, mais vous semblez croire que je suis tout aussi horrible qu'il y a cinq ans.

Il lui adressa un léger sourire, puis plongea la main dans le panier. Il retira une tranche de pain avec du jambon et ajouta :

— J'aurais aimé qu'il y ait du beurre.

— Mmmh, oui, murmura-t-elle, se sentant terriblement mal à l'aise.

Et peut-être éprouvait-elle un peu de remords.

— Vous n'êtes pas aussi horrible qu'il y a cinq ans. Je vous crois quand vous dites qu'il y avait une araignée hier soir. J'ai l'impression que vous êtes à la fois maladroit et incapable de trouver votre chemin.

John éclata d'un rire sonore et bref qui fit sourire Cecilia.

— Vous m'avez complètement percé à jour.

Soudain, elle eut un peu chaud, mais elle n'osa pas baisser la couverture. Elle s'était déjà bien trop dévoilée. Ils gardèrent le silence pendant qu'il terminait son jambon et son pain. Il but une autre gorgée de bière, et elle s'efforça de ne pas penser à la bouche de John qui se trouvait à présent là où elle avait posé la sienne.

Il reposa la bouteille sur le sol.

— Si la confiture était excessive, la limonade était carrément brutale. Je blâme ma nature passionnée pour cela. C'était un moment regrettable.

Sa nature passionnée ? Elle se rappela qu'il parlait d'un moment de colère et de rien d'autre.

— Vous aviez l'air furieux, raconta-t-elle en lui jetant un regard. En vérité, je vous ai trouvé un peu effrayant.

— *Flûte!* murmura-t-il, et la profondeur de son remords était palpable. À présent, je suis doublement navré. Triplement. *Oh!* Je n'ai aucune excuse pour cela. J'étais en colère, mais cela n'excuse pas mon comportement.

Il y avait une petite miette sur le menton de John. Sans réfléchir, Cecilia se pencha vers lui et la balaya du bout du doigt, effleurant sa chair au passage. Il inspira brusquement, et le son résonna comme un coup de fusil dans l'espace restreint.

— Il y avait une miette.

Elle garda les doigts près de la bouche de John, l'effleurant à peine tandis que l'incertitude lui donnait le tournis. Qu'était-il en train de se passer?

Cecilia retira sa main et tourna la tête vers l'âtre.

— Cela vous ennuierait-il de voir où en est la tempête?

— Pas du tout! s'exclama-t-il, se levant d'un bond comme s'il s'était enflammé.

Elle croisa les doigts en espérant que la neige s'était arrêtée. Dans le cas contraire, elle commençait à craindre le pire: elle allait vraiment l'apprécier.

CHAPITRE 6

ohn se précipita hors du lit. Il avait failli attirer
le bout du doigt de Cecilia dans sa bouche, pour
l'amour du ciel ! Il l'aurait alors sucé et léché, et
son sexe serait devenu complètement dur, au lieu de la demi-
érection qu'il avait actuellement.

Il ferma brièvement les yeux en s'approchant de la fenêtre
et fit une prière silencieuse pour que la neige ait cessé de
tomber.

Il neigeait plus fort que jamais.

Au moins, il faisait plus frais de ce côté de la pièce. Il
resterait là une minute, ou dix, jusqu'à ce qu'il ait repris le
contrôle de son corps.

La situation était rapidement devenue désastreuse, mais
rien de fâcheux ne s'était produit, et il n'arriverait rien. Avec
un peu de chance, ils parviendraient à convaincre tout le
monde qu'ils avaient été pris au piège par la tempête et que
cette malheureuse circonstance ne justifiait pas qu'ils se
marient. Sauf que des couples avaient été contraints au
mariage pour bien moins que cela.

Et il la *désirait*. Scandaleusement. Incroyablement.

Désespérément.

Elle était intelligente et pleine d'esprit et elle avait reconnu ses erreurs. Y avait-il une raison pour qu'il continue à s'opposer à une union ?

Mais… envisageait-il de se marier avec elle ?

Non. Non, non, non. Jamais il ne pourrait épouser la Mégère. *Mais… et si elle n'était pas vraiment une mégère ?* Évidemment qu'elle n'en était pas une, comme il venait de le déduire. Il se massa la tête dans l'espoir de retrouver ses esprits.

— Où en est la tempête ? lui demanda-t-elle, interrompant le fil de ses pensées, rappelant à son corps qu'elle était toujours là.

— Le croyez-vous si je vous dis qu'elle a empiré ?

Il détourna le regard de la fenêtre et vit qu'elle avait laissé tomber la couverture autour de sa taille.

Le regardant par-dessus son épaule, elle se hâta de la remonter. Mais pas avant qu'il n'ait vu la chair pâle du haut de son dos et son épaule. Il s'imagina l'embrasser là, faire glisser sa langue sur sa chair soyeuse jusqu'à ce qu'elle frémisse dans ses bras.

Ces pensées n'arrangeaient pas son problème avec son vit.

John aurait dû rester près de la fenêtre, mais il avait de nouveau froid. Il retourna sur le lit, s'asseyant un peu plus loin d'elle qu'avant.

Elle avait rangé leurs victuailles dans le panier et les avait recouvertes avec le linge. Il attrapa la bouteille de bière et en but une gorgée. Il envisagea de lui en proposer, mais il ne voulait pas qu'ils se retrouvent à nouveau dans une situation embarrassante, à penser qu'ils posaient leur bouche au même endroit.

— J'étais en train de me dire que nous n'aurions sans doute aucun moyen d'éviter d'être contraints de nous marier, déclara-t-elle, les traits crispés par la plus profonde des déceptions.

Il reposa la bouteille sur le sol.

— C'est probable. Je suis désolé.

— Je me battrai contre cela, affirma-t-elle en coulant un regard féroce vers lui. Aucun de nous ne veut cela.

Il aurait été d'accord avec elle au début de la journée, mais maintenant ? Son opinion sur le sujet avait-elle vraiment changé, ou pensait-il simplement avec son membre ? Et si c'était le cas, serait-ce si terrible ? Il y avait de bien pires raisons de se marier.

— N'y a-t-il aucune chance que vous soyez un jour attirée par moi ? s'enquit-il, essayant de faire preuve de légèreté tout en se rendant compte qu'il voulait sincèrement savoir, puisqu'il avait apparemment complètement changé d'avis à son sujet.

Elle tourna brusquement la tête vers lui, les narines dilatées.

— Absolument pas !

À ce stade, il ne voyait aucune raison de tergiverser. Ils étaient piégés ensemble, et elle *était* compromise. Leur mariage était sans doute imminent.

— Serait-il choquant pour vous d'entendre que je suis attiré par vous… aussi bien physiquement qu'intellec-tuellement ?

Elle le fixa, bouche bée.

— Oui. Pourquoi ? l'interrogea-t-elle avant d'agiter les mains en bafouillant. Peu importe, je ne souhaite pas le savoir. Je suis consciente que cette situation éveille… la tentation. Mais vous devez l'ignorer. Si cela n'était pas arrivé, si je n'avais pas été assez stupide pour essayer de faire en sorte que vous vous perdiez, vous me détesteriez toujours autant. En fait, je ne comprends pas pourquoi ce n'est plus le cas. J'ai essayé de vous abandonner dans la forêt. En plein mois de décembre !

Elle réussit en fait à éveiller un peu son ire. Et, étonnamment, cela l'excitait. *Sexuellement.* Il se rendit compte qu'il avait envie de la punir en lui montrant comment elle *pouvait* être attirée par lui. Il ne la croyait pas quand elle affirmait ne pas l'être. Il voyait le battement au creux de sa gorge, le léger tremblement dans ses mains. Certes, elle était peut-être simplement en colère, mais elle avait également révélé qu'elle était parfaitement consciente de... qu'avait-elle dit ?

La tentation.

Il laissa échapper un souffle.

— Si vous essayez de me mettre en colère, cela ne marchera pas. Il semblerait que j'aie *effectivement* mûri. J'ai déjà décidé que je vous appréciais. Vous avez une tendance bien malicieuse, mais il me semble que nous avons déjà établi que ce n'était qu'envers moi. Tout comme mon mauvais comportement n'a eu que vous pour cible. Je pense que cela rend notre lien assez spécial, n'êtes-vous pas d'accord ?

Elle le fixait toujours, ses lèvres délectables entrouvertes.

— Non, je ne suis pas d'accord. Je pense que vous n'avez absolument pas l'habitude que votre attirance ne soit pas réciproque, ce que je trouve surprenant étant donné à quel point vous êtes odieux.

John éclata de rire. Elle essayait désespérément de s'accrocher à son indignation et à son aversion. Ce qui ne faisait qu'étayer sa théorie selon laquelle elle aussi était attirée par lui.

— En fait, il se trouve que je suis plutôt populaire auprès des femmes. Vous pourriez demander à ma maîtresse italienne si elle n'était pas si loin...

— Non, merci. Aussi repoussant que je vous trouve, je veux bien croire que vous êtes un séducteur accompli, répliqua-t-elle en plissant les yeux. Cela ne plaide pas en votre faveur.

Il soupira.

— Nous nous entendions si bien !

Elle renifla.

— Jusqu'à ce que vous parliez d'attirance. Ce n'était pas une bonne idée de votre part.

— Vous ne pouvez pas dire que je ne me suis pas comporté en gentleman. Je ne vous ai pas renversé la bière sur la tête.

— Non, c'est vrai.

Il la surprit en train de sourire, ou, du moins, d'essayer de ne pas sourire, et il se détendit légèrement.

— Sachez que je ne suis pas un séducteur. Je me comporte de manière tout à fait convenable, et, je l'espère, charmante. Mon père n'accepterait rien de moins.

Cecilia lui jeta un regard en coin.

— Vous a-t-il vraiment envoyé sur le continent pour mûrir, ou pour y faire vos premières armes ?

John rit.

— Sans doute les deux. Mon père disait qu'il préférait que je commette tous mes écarts de conduite loin de Londres. Il attend de moi que je participe au gouvernement et que je brigue un siège aux Communes dès que je le pourrai.

— Est-ce ce que vous voulez ?

— Puisque je serai un jour duc et que je siégerai au sein des Lords, je comprends et j'accepte mon devoir.

Elle pinça les lèvres en le regardant.

— Ce n'est pas une réponse. Permettez-moi de la poser autrement. Êtes-vous uniquement motivé par le devoir ?

Il y réfléchit un instant.

— Oui. Et non. Je veux dire, c'est une partie de qui je suis, donc je ne peux pas l'ignorer.

— Mais la limite, pour vous, c'est que vous ne souhaitez pas épouser la femme que vos parents ont choisie ?

— Je suppose que oui, dit-il lentement. J'avais espéré la choisir moi-même.

— Voilà un point sur lequel nous pouvons être d'accord.

— Oh là là ! Serions-nous amis maintenant ? demanda-t-il en souriant.

— Pas encore.

Pas encore. Eh bien, c'était prometteur.

— Nous avons tiré un trait sur le passé, n'est-ce pas ? Nous avons assumé la responsabilité de nos actes, nous nous sommes excusés, nous avons accepté les excuses de l'autre.

Elle hésita.

— Sans doute. Cela ne veut pas dire que je suis prête à accepter d'être mariée de force avec vous.

— Moi non plus.

Cependant, il commençait à se dire que ce ne serait pas une épreuve du tout.

— Quel âge avez-vous ? s'enquit-elle en se tournant légèrement vers lui, les mains toujours agrippées à la couverture qui recouvrait sa poitrine.

Il savait qu'elle avait vingt ans.

— Vingt-trois ans. Pourquoi ?

— Cela semble jeune pour qu'un homme soit poussé à se marier.

— Mon père veut assurer la pérennité de la descendance masculine.

— Ainsi, on attendra de moi que je me reproduise immédiatement, ironisa-t-elle, levant les yeux au ciel, et elle relâcha sa prise sur la couverture. Merveilleux !

John voyait maintenant la chair au-dessus de son corset. De nouveau, il s'imagina poser la bouche sur elle, lui arracher des gémissements de plaisir tandis que son corps se pressait contre le sien.

Il se leva brusquement du lit.

— Il nous faut plus de bois !

Il sortit du cottage presque en courant, et sans se retourner.

~

*C*ecilia regardait fixement la porte d'entrée. Que s'était-il passé ?

— Il y a beaucoup de bois, marmonna-t-elle en contemplant la pile bien rangée qu'il avait placée dans le coin de la pièce plus tôt.

De plus, il était sorti sans mettre sa veste ni son chapeau. Il serait trempé en un rien de temps si la tempête était aussi terrible qu'il le disait. Ensuite, il reviendrait et il devrait retirer encore plus de vêtements, et elle devrait sans doute lui céder sa couverture. Ainsi, il serait plus dévêtu, et elle serait plus exposée.

Une vague de chaleur submergea son corps et elle fut choquée de sentir ses seins picoter. *Zut !* Elle était *vraiment* attirée par lui.

Il était plutôt beau avec ses yeux noisette séduisants et ses traits sculptés. Plus que cela, il la regardait comme si elle était du vin et qu'il était assoiffé. Ou comme si elle était extraordinaire. Il sentait aussi divinement bon, le bois de santal et les épices. Elle avait envie de se rapprocher de lui, de l'inviter à l'envelopper de son étreinte et de son parfum.

Non ! Elle ne pouvait pas vouloir cela !

Se levant, elle s'approcha de la fenêtre pour vérifier si la tempête se poursuivait. Et s'il lui avait menti pour qu'ils restent ensemble ?

Bien sûr qu'il n'avait pas fait cela. La neige était très épaisse et tombait abondamment. Il était peut-être attiré par elle, mais elle était prête à parier que cela allait à l'encontre de ses désirs. En tout cas, cela allait à l'encontre des siens.

Mais pourquoi ? Il n'était pas horrible. Du moins, il n'avait pas été horrible ce jour-là. Ils passaient un bon moment jusqu'à ce qu'il mette le doigt sur le lien qui se créait entre eux. Ne pouvaient-ils pas simplement l'ignorer ?

Tu es seule avec lui dans un petit cottage, à moitié déshabillée.

Peut-être devrait-elle l'accepter, alors. Il avait raison : ils étaient comme fiancés. Ses parents ne la laisseraient jamais se soustraire à l'obligation de l'épouser. Apparemment, elle devrait s'accommoder de la situation. Ou du moins, essayer de le faire.

En tout cas, il prenait son temps pour aller chercher du bois.

Cecilia se détourna de la fenêtre quand la porte s'ouvrit. Cosford entra en portant une brassée de combustible. Elle l'observa tandis qu'il l'ajoutait à la pile existante.

— Pourquoi aviez-vous besoin d'aller chercher du bois ? le questionna-t-elle, sans pouvoir s'en empêcher.

Après avoir déposé son fardeau, il se redressa, passant sa main dans ses cheveux humides, envoyant des gouttes d'eau dans l'air.

— Je préfère sortir maintenant que plus tard.

Plus tard. Il pensait qu'ils resteraient là un certain temps. Peut-être même toute la nuit.

— Vous auriez dû au moins porter un chapeau.

Elle s'approcha de lui et remarqua que son gilet était mouillé, tout comme ses manches de chemise.

— Probablement, marmonna-t-il.

— Retirez votre gilet et suspendez-le pour le faire sécher.

Il tourna la tête pour la regarder, les yeux brillants et la bouche formant une légère moue.

— Je ne suis pas sûr que ce soit sage.

— Sage ou non, vous allez attraper froid. Vous devriez

probablement retirer votre chemise aussi, mais que pourrait-on mettre sur vous pour éviter que vous ne soyez frigorifié ? Je peux sans doute vous donner la couverture pendant que vos vêtements sèchent. Je dois avouer que j'avais bien chaud devant le feu.

Cecilia s'avança vers lui et lâcha un pan de la couverture qui glissa le long de son bras et retomba dans son dos. L'air frais la surprit : elle n'avait plus aussi chaud, car elle se tenait devant la fenêtre depuis quelques minutes.

Les narines de John se dilatèrent et il reporta son attention sur le visage de Cecilia.

— Non, ne faites pas ça.

Il expira brusquement et passa sa main dans ses cheveux, ébouriffant les mèches sombres d'une manière si séduisante qu'elle en était irritante. Pourquoi ne pouvait-il pas être répugnant ?

— Je suis sorti parce que j'étais extrêmement excité et j'ai pensé qu'il valait mieux que je me calme.

Une vague de désir parcourut Cecilia, la faisant frissonner d'une manière qui n'avait rien à voir avec le froid.

— Vous devriez quand même retirer votre gilet, murmura-t-elle.

Elle passa sa main dans son dos pour attraper la couverture et la remonter sur son épaule, mais n'y parvint pas. Elle se sentit soudain assez maladroite. Il passa à son tour la main derrière elle et remonta la couverture, son pouce effleurant la chair nue de sa clavicule.

— Je suis désolé de vous mettre mal à l'aise. C'est tellement gênant !

Elle resserra la couverture autour d'elle et le regarda dans les yeux.

— Ne vous excusez pas. Tout est de ma faute.

— En toute honnêteté, nous nous serions peut-être perdus de toute façon, surtout si vous n'aviez pas semé vos perles. Nous aurions dû rester à proximité des calèches, dit John, dont l'expression se fit penaude. Je voulais trouver le plus gros arbre.

— Parce que vous avez l'esprit de compétition, suggéra-t-elle, et le voyant hocher la tête, elle fit de même. Comme moi.

— Peut-être avons-nous plus en commun que nous ne le pensons, affirma-t-il.

Il fut secoué d'un frisson, puis il fit une grimace.

— Très bien, je vais retirer mon gilet.

Il déboutonna le vêtement qu'il alla suspendre à l'un des crochets.

Cecilia essaya de ne pas scruter la manière dont son corps bougeait sous le lin de sa chemise. Elle vit ses muscles et le mouvement de ses épaules lorsqu'il accrocha le gilet. Avant qu'il se retourne, elle s'empressa d'aller se rasseoir sur le lit, de peur qu'il la surprenne en train de l'observer.

Elle commençait à comprendre pourquoi une sortie dans le froid pouvait atténuer l'attirance troublante qu'elle éprouvait pour lui.

— Cela vous a-t-il aidé ? s'enquit-elle.

Il vint s'asseoir sur le lit... de l'autre côté du panier qui les séparait, bien sûr.

— De quoi parlez-vous ?

— De sortir.

John passa sa main sur sa cuisse. Et maintenant... elle regardait sa cuisse musclée.

— Euh, oui. Mais je crains que l'effet n'ait été que temporaire.

Une nouvelle vague de chaleur se répandit en elle, et elle reporta son attention sur le feu.

— Oh !

Elle s'efforça de ne pas penser au panier qui les séparait ni au fait que seule une chemise couvrait son torse. Elle parvint finalement à trouver le courage de poser la question à laquelle elle ne voulait pas vraiment de réponse :

— Pensez-vous que nous allons passer la nuit ici ?

— Je crois que c'est possible, lui répondit-il lentement, presque avec hésitation, puis il la regarda. Désolé.

Elle s'était attendue à cette réponse, même si elle espérait encore qu'ils pourraient s'en aller. Dans quel but ? Cela faisait déjà longtemps qu'ils étaient seuls tous les deux. À son grand désespoir, il ne pouvait y avoir qu'une seule conclusion.

— Alors, c'est définitif, nous allons devoir nous marier.

John se tourna vers elle, les traits marqués par l'inquiétude.

— Vous avez l'air abattue. Je vous promets que je ne suis pas si horrible que cela. Je ne ferai jamais chavirer votre bateau ni ne renverserai de boisson sur votre tête. Cependant, je ne peux pas vous jurer de ne plus jamais commettre de maladresse comme celle d'hier soir avec le vin. Et nous avons établi que j'ai un sens de l'orientation absolument déplorable. Je crains que ce ne soit à vous de vous assurer que nous retrouvions notre chemin à l'avenir.

— À vous entendre, on croirait que nous pourrions être des partenaires, avec chacun nos responsabilités.

— Et pourquoi pas ? J'admets volontiers qu'il y a certainement beaucoup de choses que vous pouvez faire mieux que moi.

Cecilia se tourna vers lui.

— Par exemple ?

— Coudre ?

— Je couds assez bien. Je vous concède que vous tirez probablement mieux que moi. Qu'en est-il de la danse ?

— J'aime danser, mais je suis parfois un peu maladroit, répondit-il.

Il pinça les lèvres tandis que Cecilia jetait un coup d'œil au feu.

— Je n'avais pas beaucoup réfléchi à mes inaptitudes physiques jusqu'à présent. Je crains que vous ne deviez m'avouer quelque chose que vous ne savez pas faire, pour que je me sente mieux dans ma peau.

Cosford lui sourit, et le cœur de la jeune femme fit un petit bond.

— Embrasser.

Juste ciel! Pourquoi avait-elle dit cela? Ce n'était assurément pas son intention. John écarquilla les yeux.

— Avez-vous une grande expérience?

— Non. Je n'ai embrassé qu'un seul gentleman, mais ce n'était pas très agréable. Je dois en déduire que je ne suis pas douée dans ce domaine.

— Ou, tout simplement, vous n'avez pas appris à le faire, répliqua-t-il, le regard rivé sur la bouche de Cecilia.

Ses lèvres la picotèrent. Elle lécha celle du bas, et sa langue s'y attarda un instant. Cosford gémit.

— En tout cas, vous êtes douée en matière d'agacerie[1].

Cecilia inspira brusquement.

— Ce n'était pas volontaire.

— Non, j'imagine que non. Êtes-vous innocente? s'enquit-il.

Elle hocha la tête.

— Je sais… ce qui se passe. J'ai obligé Dinah à me le dire après son mariage avec Spetch.

Inquiet, il écarquilla les yeux.

— Bon sang! Je ne veux pas entendre ce que la femme de mon meilleur ami a à dire au sujet des rapports sexuels! Pardonnez mon langage.

Riant, Cecilia porta une main à sa bouche. Au bout d'un moment, elle se calma et la laissa retomber sur ses genoux.

---

1. NdT: Conduite, paroles destinées à aguicher, à provoquer.

— J'imagine bien que vous n'en avez pas envie, effectivement !

Il la regarda, ses yeux brûlant d'une chaleur qui ne faisait qu'attiser l'excitation toujours présente de Cecilia.

— Voulez-vous que je vous apprenne à embrasser ?

— Cela suppose que vous êtes digne de m'enseigner, rétorqua-t-elle avec un petit sourire pour lui montrer qu'elle plaisantait.

— Vous maîtrisez *réellement* l'agacerie, murmura-t-il, continuant à la caresser du regard. Que diriez-vous que je vous embrasse et que je vous apprenne à le faire si vous trouvez cet acte satisfaisant ? Puisque vous avez jugé votre précédent baiser médiocre, je pense que vous serez en mesure de discerner si le mien est plus à votre goût.

Chaque mot qu'il prononçait vibrait sur sa chair, attisant son désir. Elle était prête à parier que son baiser serait exaltant. Elle aurait dû refuser, mais pourquoi, alors qu'ils allaient sans doute se marier ? Mieux valait prendre le contrôle de la situation et agir du mieux qu'elle pouvait.

— Très bien.

Cecilia souleva le panier et le plaça derrière le lit, à l'écart du feu.

— Puis-je vous embrasser ? s'enquit-il en se rapprochant légèrement d'elle, et elle fit de même.

— Oui.

Elle ferma les yeux et attendit. Le lit grinça quand John se rapprocha encore. Il posa doucement la main sur le visage de la jeune femme.

— Ouvrez les yeux, Cecilia.

Elle lui obéit et vit qu'il était tout proche. La partie centrale de ses iris était très verte.

— Pourquoi ? Je croyais que les gens s'embrassaient les yeux fermés.

— En général, oui, mais je ne veux pas que vous pensiez à

ce moment comme quelque chose qui vous arrive. Un baiser se fait à deux, c'est une expérience partagée, lui expliqua-t-il, caressant sa joue avec son pouce. Quand ce voyou vous a embrasée, a-t-il utilisé sa langue ?

— Oui. C'était visqueux.

Il sourit et, une fois encore, son corps réagit avec un tremblement d'excitation.

— C'est regrettable, affirma-t-il, et son pouce descendit sur les lèvres de Cecilia.

Le souffle de la jeune femme était plus rapide, et son cœur s'emballa.

— Que faites-vous ?

— Vos lèvres me fascinent. Elles sont si généreuses et roses. J'ai envie de les lécher et de les mordre.

Elle recula légèrement la tête.

— Les mordre ?

— Pas douloureusement. Je vous montrerai à la fin du baiser. Prête ?

Incapable de parler, elle acquiesça. Il abaissa la tête et effleura les lèvres de Cecilia avec les siennes. Elle ne ferma pas les yeux. La sensation, aussi fugace soit-elle, la parcourut à la vitesse d'un cheval au galop. C'était sauvage. Dangereux. Libérateur.

Cecilia se rendit compte qu'elle s'agrippait au matelas comme si elle essayait de ne pas tomber d'une falaise. Elle relâcha sa prise et aplatit les mains.

— Puis-je vous toucher ?

— S'il vous plaît. Faites ce que vous voulez, lui répondit-il d'une voix plus grave.

Elle ignorait ce que ce pourrait être.

— Je ne veux pas faire la mauvaise chose.

Un nouveau sourire se dessina sur les lèvres de John.

— Cela n'arrivera pas. Je vous assure que vous ne pourriez pas faire quelque chose de mal.

Il glissa la main à l'arrière de la tête de Cecilia et l'embrassa encore. Mais ce baiser n'était ni rapide ni léger. Les lèvres de John se pressaient contre les siennes alors qu'il la tenait dans sa paume. Elle remonta les mains jusqu'à ses épaules, qui étaient encore humides. Elle les posa sur son cou, laissant le bout de ses doigts effleurer la chair au-dessus de son col.

Elle ferma les yeux quand il posa la bouche sur la sienne. John glissa son autre main sous la couverture et lui agrippa la taille.

Il décolla ses lèvres des siennes et revint vers elles sous un nouvel angle. C'était déjà infiniment mieux que l'autre baiser.

Puis la langue de Cosford se glissa dans la bouche de Cecilia et elle se crispa, s'attendant à ne pas aimer cela. Mais c'était tout le contraire. Au moment où sa langue toucha celle de la jeune femme, une délicieuse vague de plaisir la traversa. Il n'y avait pas de comparaison possible avec son expérience antérieure.

Et c'était la *Menace*.

Il l'encouragea à l'embrasser en retour, sa main massant sa taille tandis qu'il la léchait et plongeait dans sa bouche. Elle reproduisit ses gestes avec sa langue et empoigna le bord de son col, le tenant fermement alors qu'elle commençait à se perdre dans son étreinte diabolique.

Diabolique ?

Oh que oui ! C'était terriblement mal de leur part. Mais que pouvaient-ils faire d'autre de ce temps passé ensemble ? D'autant plus qu'ils seraient contraints de se marier à la fin. Cecilia commençait à penser que cela ne la dérangerait pas.

La main de John se déplaça jusqu'à sa nuque, lui arrachant des frissons de plaisir, tandis que son autre main glissait jusqu'à son dos, le bout de ses doigts s'enfonçant dans ses sous-vêtements. Puis il referma doucement les dents sur sa lèvre inférieure, tirant dessus alors qu'il écartait sa bouche de celle de la jeune femme.

Elle ouvrit lentement les yeux, étourdie par le désir, et le vit l'observer, les yeux mi-clos.

— Était-ce une morsure ? s'enquit-elle doucement, la voix rauque, comme si elle n'avait pas parlé depuis des jours et non seulement depuis quelques longues et spectaculaires minutes.

— En quelque sorte, répondit-il, et ses yeux s'ouvrirent davantage. J'espère que c'était un meilleur baiser ?

À contrecœur, elle le relâcha, laissant ses mains retomber sur ses genoux.

— Je dois en déduire que ce que j'ai vécu avant n'était même pas un baiser. Ce que vous venez de faire était... sublime. Je suis choquée que ce soit vous.

Il sourit, et sa main abandonna sa tête tandis que l'autre restait posée sur la cuisse de la jeune femme.

— Parce que je suis une menace ?

— Précisément.

Le corps de Cecilia vibrait de désir. Elle n'avait pas envie d'arrêter. Elle voulait que la main qu'il avait posée sur sa cuisse se déplace. De préférence entre ses jambes.

— Que faites-vous après un tel baiser ?

Il baissa les yeux sur le lit avec un petit rire, puis la fixa d'un regard sombre et sensuel.

— Essayez-vous de me torturer ?

— Non. Pardonnez-moi, mais je suis curieuse. Je pourrais vous répéter ce que Dinah m'a raconté, mais vous avez déjà dit...

Il l'embrassa à nouveau, fort et vite, puis il se retira en riant.

— Non, ne faites pas ça. Je vais vous le dire. Ou bien, je vais vous montrer. Que préférez-vous ?

Un sentiment d'excitation la tenaillait, rendant ses seins

lourds et son sexe... palpitant. C'était tout à la fois déstabilisant et exaltant.

— Puisqu'il semblerait que nous n'ayons nulle part où aller et que nous n'ayons rien d'autre à faire pour nous occuper, je dirais : montrez-moi.

Sa gorge émit un profond son guttural.

— Sais-tu ce que tu me demandes ? lui dit-il, troublé.

Elle hocha la tête. Puis elle passa la main dans son dos et entreprit de desserrer les lacets de son corset.

Les yeux de John brillèrent, et soudain, il oublia toutes les convenances et la tutoya.

— Que fais-tu ?

— Ne devrais-je pas au moins enlever mon corset ?

— Tu ne devrais *pas*, mais oui.

Un rire échappa à Cecilia, et elle inclina la tête. Elle le tutoya à son tour.

— Tu t'es contredit.

— Je suis incroyablement partagé. Je n'ai qu'une seule envie, c'est que tu retires ton corset ainsi que tous les autres vêtements que tu portes. Mais je ne *devrais pas* le vouloir.

— Vouloir, c'est une chose. Faire en est une autre. Je pense qu'il est normal que tu veuilles cela. Je suppose que je ne devrais pas *faire* ceci.

Elle n'avait pas cessé de tirer sur ses baleines, et le vêtement se détendait à présent. Elle tira sur les côtés, l'écartant davantage. Puis elle remua son buste et passa le corset par-dessus sa tête. Le posant sur le bord du lit, elle regarda à nouveau Cosford.

— Apparemment, je l'ai fait quand même. J'ai failli...

Il l'embrassa à nouveau, ses mains enserrant son visage tandis que sa bouche se posait sur la sienne avec une intensité passionnée. Ses paumes descendirent le long de son cou pour caresser ses clavicules. Elles poursuivirent leur descente jusqu'à ce que John atteigne ses seins. Ce n'était qu'un simple

frôlement, ses mains effleurant ses mamelons. Ils se dres-
sèrent contre sa chemise, avides de plus d'attention de la part
de John.

Elle lui rendit son baiser avec ferveur et posa les mains
sur ses épaules, oubliant encore une fois qu'elles étaient
humides. Elle s'agrippa de nouveau à son cou et décida que sa
lavallière n'était pas nécessaire. Elle la détacha, la lui retira et
la jeta derrière lui. Cela lui permit de glisser ses mains dans
sa chemise, de sentir sa chair chaude sous ses doigts.

Mais John posa ensuite les mains sur les seins de Cecilia,
et elle cessa son exploration. De ses pouces, il effleura ses
mamelons à travers sa chemise. Elle haleta dans sa bouche,
submergée par la sensation.

Il s'écarta.

— C'est trop ?

— Non ! s'exclama-t-elle, s'accrochant à ses épaules. Pas
assez. Je veux… plus.

Elle le regarda droit dans les yeux. Puis avec une certitude
qui la choqua, elle affirma :

— Je veux tout.

CHAPITRE 7

Un désir intense parcourut le corps de John. Son cœur battait si fort dans ses oreilles qu'il n'arrivait pas à réfléchir. Ou peut-être était-ce sa façon incroyablement provocante de le regarder, comme si elle brûlait d'envie qu'il la touche. Elle semblait au moins aussi désespérée qu'il l'était.

Avec une volonté qui le surprit, il retira ses mains d'elle et recula sur le lit. C'était une erreur. Il ne pouvait pas profiter d'elle ainsi.

Elle fronça les sourcils.

— Que se passe-t-il ?

— Nous nous aventurons sur un territoire dont nous ne pourrons pas revenir.

Il déglutit, la gorge sèche. Il se souvint alors de la bière qui se trouvait à côté du lit et il attrapa la bouteille. Il but une longue gorgée avant de la reposer sur le sol.

— Ne l'avons-nous pas déjà fait ? s'enquit-elle, ironique. Rien qu'en étant ensemble ici, je veux dire.

Exact, ils avaient déjà établi cela.

— Il existe une très faible possibilité que nous puissions convaincre nos parents de ne pas nous obliger à nous marier.

Il faudrait également que tous les convives présents à cette partie de campagne s'engagent à ne dire à personne que nous sommes restés seuls toute la nuit.

— Donc, nous partons du principe que nous allons passer la nuit ici ?

— Je crois que nous n'avons pas d'autre choix.

John n'imaginait pas que quiconque se lancerait à leur recherche avec une telle tempête. Avec un peu de chance, ils ne seraient pas trop inquiets. Sa mère était sans doute affolée, et ne pouvait qu'imaginer ce que ressentaient les parents de Cecilia. Si John était son père, il espérerait qu'elle soit en sécurité et au chaud, même si cela impliquait qu'elle soit compromise. Mais cela avait-il une quelconque importance si l'homme qui la compromettait était celui que vous vouliez qu'elle épouse ?

Il secoua la tête avant de se perdre dans un tourbillon de pensées.

— Je dois te poser la question : es-tu prête à t'engager dans le mariage ? Parce que, si ce n'est pas le cas, je passe de l'autre côté du lit.

Il dormirait également à même le sol. S'il dormait. Entre l'inconfort de ne pas avoir de lit ou de vêtements de nuit, et son désir inassouvi, il doutait de pouvoir trouver le repos. Cecilia fronça légèrement les sourcils, et elle baissa les yeux sur ses genoux.

— Je dois avouer que j'espérais tomber amoureuse.

C'était une romantique. Et elle semblait en être gênée.

— Il n'y a rien de mal à cela.

La jeune femme releva la tête.

— Vraiment ? Pourtant, mon père trouve cela ennuyeux.

— Ce n'est donc pas un romantique, répondit John.

— Et toi ?

John ne se serait pas décrit ainsi. Il n'avait jamais trop réfléchi à l'amour.

— Sans doute que non. Toutefois, je n'ai jamais rencontré de femme qui m'ait fait penser à de telles choses ou qui ait suscité ma plus vive admiration. Jusqu'à maintenant.

Cecilia écarquilla les yeux.

— Tu m'admires ?

— Depuis cinq ans, maintenant.

Elle leva une main avec un léger rire.

— Attends ! Tu m'admirais lors de notre première rencontre ? Comment est-ce possible ?

— Tu as dit quelque chose qui m'a marqué. Que si je souhaitais prendre quelqu'un pour cible, mieux valait ne pas le rater.

— C'est *cela* qui t'a marqué ? demanda-t-elle, riant à nouveau. J'affirmais mon intention de te prendre pour cible et de ne pas te rater.

— Ce que tu as fait, avec un grand succès. Mon arrogance m'a empêché de le voir.

Il tendit les mains vers le feu. Les épaules humides de sa chemise le faisaient frissonner de temps à autre. Il se demandait s'il n'aurait pas mieux fait de la retirer. Mais alors, il serait assis là, torse nu. Sauf qu'elle avait affirmé son désir de poursuivre leurs explorations. Ce qu'il portait avait-il de l'importance ? Ou ce qu'il ne portait pas ?

Pourquoi hésitait-il ? Leur sort était pratiquement scellé. Ce qui signifiait qu'ils pouvaient faire ce qui leur plairait. Pourtant, il était réticent.

Parce qu'il avait déjà commencé à s'attacher à elle. Maintenant qu'il savait qu'elle avait espéré se marier par amour, il craignait de la condamner à quelque chose qu'elle ne voulait pas. Il se doutait qu'elle affirmerait que c'était sa faute de toute façon.

Se redressant, il s'adressa à elle comme s'ils étaient entièrement vêtus dans un salon et qu'il lui rendait visite.

— Je me demande ce qui se serait passé si nous nous

étions rencontrés dans d'autres circonstances. Ou plutôt, si je n'avais pas mis ce serpent dans le bateau. Je me souviens avoir pensé que tu étais la plus jolie fille présente à cette partie de campagne il y a cinq ans.

— Vraiment ? s'enquit-elle avec un regard narquois. Je me souviens que tu étais le plus beau des jeunes hommes. Je crois bien avoir dit à mes amies que cela contribuait sans doute à ton arrogance, que tu sois séduisant et que tu en sois conscient. Et que tu utilisais sans doute ce fait à ton avantage.

— Pour m'en sortir sans encombre après avoir fait chavirer un bateau ?

— Précisément. Je n'allais pas succomber à cela, non pas qu'une belle apparence seule puisse me séduire. Tu ne dégageais pas vraiment de charme.

— Nous n'étions pas là pour nous mettre en couple avec l'une d'entre vous ! Nous avions tous environ dix-huit ans, et toi, tu avais quoi… quinze ans ? À cet âge-là, c'est un écart plutôt gênant.

— Vous étiez des hommes, et nous étions des filles, remarqua-t-elle, les lèvres pincées. Cependant, je dirais qu'une « fille » de quinze ans est plus mature qu'un « homme » de dix-huit ans.

Cosford éclata de rire.

— Peut-être as-tu raison. Je suppose que nous devons accepter que notre rencontre d'il y a cinq ans n'aurait jamais dû déboucher sur autre chose que sur le fait de se trouver agréables à regarder. Mais si je n'avais pas mis le serpent dans le bateau, que tu n'avais jamais versé de confiture dans mes bottes, et si je ne t'avais pas renversé de la limonade sur la tête, nos retrouvailles lors de cette partie de campagne auraient sans doute pris une tout autre tournure.

— C'est certain. Nous pouvons supposer que nos parents auraient quand même essayé de nous mettre ensemble. Peut-être serions-nous venus à cette partie de campagne avec l'envie d'apprendre à nous connaître.

— En aurais-tu eu envie ? lui demanda-t-il.

Il fut surpris de constater qu'il voulait désespérément savoir, et qu'il espérait qu'elle répondrait par l'affirmative.

— C'est difficile à dire. Depuis près d'un an, ma mère joue les entremetteuses pour me faire rencontrer tel ou tel gentleman, expliqua-t-elle avec un mince sourire. J'avoue que je commençais à me lasser de ses tentatives.

— Tu n'as apprécié aucun d'entre eux ?

— Pas assez pour me marier. Je savais que je n'allais pas les aimer. Ma mère ne semble pas comprendre quel genre de gentleman je pourrais apprécier.

— De quel genre de gentleman tu pourrais tomber amoureuse, tu veux dire, précisa-t-il, inclinant la tête. Quel est ce genre ?

Elle souffla et se tourna vers le feu.

— Je ne suis pas sûre de pouvoir le dire explicitement. Je suppose que je cherchais un… sentiment. Certains de ces gentlemen étaient plutôt gentils, dit-elle, se tournant à nouveau vers Cosford. Ils n'ont pas renversé de boissons sur moi.

John grimaça.

— Je suis vraiment parti du mauvais pied. Je te promets que je suis gentil, et qu'en général je suis un gentleman, plaida-t-il, puis il se leva brusquement. Faisons comme si nous nous rencontrions pour la première fois.

Cecilia fronça les sourcils.

— Habillés ainsi ?

— Déshabillés ainsi, la corrigea-t-il avec un sourire. Imagine que nous soyons totalement vêtus, et de manière appropriée.

C'était très difficile pour lui de le faire. Les mamelons de la jeune femme étaient bien visibles sous le lin de sa chemise, et il avait un mal fou à ne pas les fixer.

Ce qu'elle avait dit résonnait dans son esprit : qu'elle recherchait un sentiment. Il avait l'impression de savoir ce qu'elle voulait dire. Il éprouvait quelque chose de très différent après avoir passé tout ce temps avec elle ce jour-là. Une chose qu'il n'avait jamais éprouvée auparavant.

C'était plus que du désir. C'était de l'impatience. Il avait hâte de découvrir la suite de leur histoire, quelle qu'elle soit.

John exécuta sa plus belle révérence.

— Je suis heureux de faire votre connaissance, mademoiselle Bromwell.

Elle inclina la tête.

— Tout comme moi, lord Cosford.

— Normalement, je t'inviterais à danser ou à faire une promenade.

— Nous devrions déplacer le lit pour danser près du feu. Le cottage s'est considérablement réchauffé depuis que nous sommes arrivés, mais je préfère quand même rester près de la chaleur.

— Ce n'est pas de cela que des gens qui viennent de se rencontrer devraient parler ! s'exclama-t-il, levant les mains en riant. J'abandonne. Il n'y a pas de retour en arrière possible. Nous avons connu des débuts terribles, et maintenant nous sommes accablés l'un par l'autre.

— Est-ce ainsi que tu me vois ? Comme un fardeau ? l'interrogea-t-elle.

La voix de Cecilia était faible, ses traits incertains tandis qu'elle tirait sur un fil sur le bord du matelas.

John se rassit, se plaçant juste à côté d'elle. Puis il remonta sa jambe, la pliant au niveau du genou entre eux, de manière à lui faire face.

— Absolument pas, la rassura-t-il en lui caressant doucement le menton. Je te vois comme quelqu'un d'excitant, un frisson inattendu. En fait, je crois que si j'étais venu à cette partie de campagne sans connaître notre histoire, j'aurais été captivé en te rencontrant.

Elle le regarda en clignant des yeux.

— Es-tu sincère ?

— Je n'ai jamais beaucoup réfléchi à l'amour ou à toute émotion liée à une lady, mais avec toi, je me demande si je ne me suis pas fait envoûter. Non pas que l'amour soit magique, mais…

— Mais il l'est peut-être, l'interrompit-elle, exprimant ce que Cosford pensait. Peut-être l'amour est-il une magie qui s'opère entre deux personnes *très précises* à un moment *précis*. Il n'était pas présent lors de notre rencontre il y a cinq ans, mais il est là maintenant.

Elle semblait un peu essoufflée, et il ressentait la même chose.

— Oui, je pense que c'est exactement cela, affirma-t-il, glissant une main le long de la mâchoire de la jeune femme pour la poser juste sous son oreille. J'ignore ce que c'est que de tomber amoureux, mais être avec toi à cet instant précis ne ressemble à rien de ce que j'ai connu. Tu m'as fait passer d'un mépris total à un désir absolu. Si je ne devais plus jamais te revoir après aujourd'hui, je crois que je m'effondrerais.

Elle inspira brusquement.

— Que ferais-tu ?

— Je te poursuivrais. Sans relâche.

La chaleur brilla dans les yeux de Cecilia.

— Alors, pourquoi ne le fais-tu pas maintenant ? Je t'ai dit que je voulais tout.

John dut faire appel à toutes ses forces pour ne pas la serrer contre lui et la repousser contre le matelas.

— Es-tu certaine de ne pas parler sous le coup de l'excitation ? Nous ne devrions pas laisser notre corps commander notre cerveau.

— Mon cerveau fait partie de mon corps. La décision finale lui appartient-elle ? s'enquit la jeune femme, se penchant vers lui pour poser une main sur son torse. Mon cerveau me commande de te toucher, de t'inviter à me toucher, de rechercher ce que je pense que nous voulons tous les deux.

— Tu acceptes donc de te marier, l'interrogea-t-il, car il devait s'en assurer avant qu'ils n'aillent plus loin. Sans amour. *Pour l'instant.*

Il était primordial qu'il ajoute la dernière partie. Car il était intimement persuadé que c'était possible.

— *Pour l'instant*, répéta-t-elle, ouvrant le bouton le plus haut de la chemise de Cosford. Je suis optimiste quant à notre avenir commun.

John en eut le souffle coupé. Son sexe, qui était en état d'excitation au moins partielle depuis un certain temps déjà, durcit complètement.

Il s'avança vers elle, posa une main derrière sa tête et agrippa sa taille de l'autre.

— Nous sommes donc d'accord. Nous avons un avenir ensemble.

— Je crois que oui. Cependant, c'est surtout notre avenir *immédiat* qui m'intéresse pour le moment.

Elle détacha l'autre bouton qui maintenait la chemise du jeune homme fermée, et elle glissa la main sous le tissu. Elle posa la paume à plat contre son torse, et il sut à ce moment-là qu'elle allait le séduire d'une manière qu'il n'avait pas encore imaginée.

John la regarda droit dans les yeux.

— Alors, saisissons-le.

CHAPITRE 8

Cosford captura sa bouche avec la sienne et la repoussa sur le lit. Cecilia écarta les jambes et il s'installa aussitôt entre elles. Il ajusta ses hanches contre celles de Cecilia, et elle sentit son sexe se presser contre le sien. C'était choquant. Sensuel. Merveilleux.

Il était l'homme qu'elle allait épouser. Un homme qu'elle détestait quelques heures auparavant. Peut-être la haine passionnée n'était-elle pas si éloignée d'un désir passionné, car c'était très probablement ce qui l'animait à cet instant. S'il s'était refusé à elle, elle se demandait si elle l'aurait supplié de revenir sur sa décision.

Heureusement, ce n'était pas le cas. Tout ce qu'il lui avait dit s'était révélé étonnamment exaltant. Le fait qu'ils s'accordent pour dire que c'était magique lui faisait chaud au cœur. Elle ne l'aimait peut-être pas encore, mais elle pensait pouvoir le faire. Et comme elle n'avait jamais ressenti cela auparavant, elle ne pouvait que croire que c'était plus que possible.

Sa bouche quitta celle de Cecilia pour déposer un chemin de baisers le long de sa mâchoire et de son cou, ses lèvres et sa langue éveillant des sensations qui se propageaient dans tout le corps de la jeune femme. Elle s'agrippa à sa tête, le retenant contre elle, de peur qu'il ne décide de partir.

Il ne ferait pas cela. Pour une raison qu'elle ignorait, elle était convaincue que c'était bien ce qu'ils désiraient tous les deux. Elle lui faisait *confiance*.

À cet homme qui lui avait fait des choses terribles. Un rire s'échappa des lèvres de Cecilia.

Cosford releva la tête, haussant un sourcil.

— Cela ne devrait pas être amusant.

— Ça ne l'est pas, le rassura-t-elle.

Elle lui caressa la tête, détachant la queue de cheval à l'arrière.

— C'est merveilleux. Seulement je n'ai pas pu m'empêcher de penser que tu es le dernier homme avec lequel je m'attendais à faire cela.

John lui sourit.

— Cette partie est amusante… et vraie. Nous allons provoquer l'émoi parmi nos amis quand nous leur annoncerons que nous avons changé d'avis l'un sur l'autre.

Elle rit de nouveau.

— C'est certain !

Soulevant la chemise de la jeune femme, il remonta sa main le long de son ventre et la referma sur son sein.

— Maintenant, si tu continues à rire, tu vas blesser mon ego. Et cela pourrait nécessiter une punition.

Elle haleta lorsqu'il lui pinça le mamelon.

— Comme cela ?

— Peut-être.

— Mais j'ai aimé cela. Recommence.

Il fit ce qu'elle lui demandait, serrant puis tirant de sorte qu'elle ne ressente qu'une légère gêne.

Aspirant une bouffée d'air, elle plongea ses doigts dans ses cheveux.

— *Encore.*

Il remonta sa chemise presque avec sauvagerie, de sorte que le vêtement couvrit le visage de Cecilia. Puis il tira de nouveau sur son mamelon, le serrant entre son pouce et son index jusqu'à ce qu'elle gémisse. Sa main se posa sur son sein, le pressant juste avant que ses lèvres ne se referment sur sa chair frémissante. Le désir jaillit et se déchaîna au creux de son ventre, faisant trembler ses jambes.

Impatiente, elle fit passer la chemise par-dessus sa tête et la jeta sur le côté, ne la laissant vêtue que de ses bas de laine et de ses jarretelles. Elle voulait qu'il retire sa chemise lui aussi, pour qu'elle sente sa chair nue. Faisant glisser ses mains le long de son cou, elle tira sur son col.

Il releva la tête, se redressa, ôta sa chemise et la jeta au loin. Cecilia examina son torse, depuis les poils sombres au centre jusqu'à ses petits mamelons en forme de boutons. Elle passa les doigts sur l'un d'eux, lui arrachant un halètement.

— Est-ce aussi bon que ce que tu me fais ?

— Je ne sais pas si je peux le dire. Quelle que soit la façon dont tu me touches, c'est spectaculaire, affirma-t-il, écartant les bras. Fais ce que tu veux.

Cette fois, elle pinça ses deux mamelons, savourant les gémissements qu'il poussait. Ensuite, elle fit descendre ses mains sur son abdomen musclé, où une traînée de poils sombres disparaissait dans sa ceinture.

— Je me demande où cela mène…

— Directement à mon vit, répondit-il crûment, prenant la main de Cecilia pour la poser sur son membre durci à travers son pantalon. Sens à quel point j'ai envie de toi.

— Et que vas-tu en faire ?

Elle leva les yeux sur lui ; le désir rendait son sexe douloureux. Il s'abaissa jusqu'à ce que sa bouche soit juste au-dessus de celle de la jeune femme.

— Je vais le glisser dans ton sexe et l'enfoncer très profondément. Jusqu'à ce que tu cries mon nom… *John*, si tu le veux bien. Ensuite, j'enroulerai tes jambes autour de moi, et je me plongerai en toi sans relâche jusqu'à ce que tu jouisses. Sais-tu ce que cela signifie ?

Elle faillit gémir de désir.

— Je crois que oui. Je sais qu'il y a un… achèvement. Et du plaisir. Je… je me suis déjà touchée. Mais cela n'a jamais été complètement satisfaisant.

— Alors, laisse-moi te satisfaire. *Complètement.*

Il l'embrassa, et sa langue s'enfonça profondément dans sa bouche, la menant à penser que c'était ce qu'il avait l'intention de faire avec son sexe. Elle le serra contre elle, plantant ses mains dans son dos et soulevant ses hanches du lit pour se frotter à lui.

De nouveau, il utilisa ses dents sur sa lèvre inférieure, un peu plus fort cette fois-ci, alors qu'il s'éloignait. Il embrassa le creux à la base de sa gorge, et prit un sein dans sa main. Elle anticipa la suite : sa bouche se referma sur son mamelon. Mais il passa bien plus de temps qu'avant à le sucer, ses lèvres et sa langue tirant sur sa chair jusqu'à ce qu'elle crie son nom.

— Tu ne peux pas déjà être satisfaite, murmura-t-il en passant à son autre sein, auquel il accorda la même attention.

À chaque baiser, à chaque coup de langue, elle se cambrait davantage et tremblait plus fort.

— Emmène-moi là, John, le supplia-t-elle.

Il lécha son ventre, et sa bouche se rapprocha du sexe de Cecilia. Elle se figea. Il n'avait tout de même pas l'intention de l'embrasser… là ? Dinah n'avait pas parlé de *cela*.

— Que fais-tu ?

— Je te donne du plaisir, répondit-il, posant la main sur la cuisse de la jeune femme, avant d'effleurer les replis de son sexe avec son pouce. Est-ce ici que tu t'es touchée ?

— Oui.

Elle gémit lorsqu'il appuya plus fermement.

— Je vais te toucher ici aussi. Et je vais y mettre ma bouche, affirma-t-il, la regardant d'entre ses jambes. N'as-tu pas envie que je le fasse ?

Elle avait dit qu'elle voulait tout, et elle le pensait. Il lui avait proposé de lui faire tout ce qu'elle désirait. Elle brûlait d'envie qu'il fasse de même.

— Fais-le. Je t'en prie. J'étais sincère quand j'ai dit que je voulais tout.

Il lui adressa un lent sourire diabolique.

— Nous ne pourrons pas tout faire aujourd'hui, mais j'attends avec impatience notre vie ensemble, quand nous en aurons la possibilité.

— J'imaginerai des choses que tu n'as pas encore expérimentées, lui promit-elle.

— Bon sang ! Cecilia, tu es au-delà de tout ce que j'aurais pu espérer. J'ai besoin de te goûter *maintenant*.

Il abaissa la tête vers le sexe de Cecilia et en lécha la chair.

Le ravissement déferla sur elle, et elle sentit le flot de l'extase s'approcher, la combler, la taquiner jusqu'à l'accomplissement ultime. Il glissa une main sous les fesses de la jeune femme et les serra. Cecilia déplaça une jambe sur son épaule, pliant légèrement le genou tandis qu'il plongeait sa langue en elle. Avec son pouce, il massa la partie supérieure de son sexe, à l'endroit où elle était le plus sensible, et elle se cambra. Il releva légèrement la tête, et son doigt se déplaça le long de ses replis intimes, avant de glisser lentement en elle. Cette sensation quand il s'enfonçait en elle était exactement ce qu'elle désirait. Elle s'agrippa à sa tête et remua les hanches, avide de plus.

Il suçota ce point sensible tout en s'enfonçant en elle, puis il se retira pour répéter ces gestes avec une plus grande rapidité. Elle avait l'impression de rouler de plus en plus vite sur une pente abrupte, le monde défilant à toute allure tandis que son corps se délectait de la vitesse et du risque de se désagréger en arrivant en bas. Sa langue se joignit à son doigt et il enfouit son visage contre elle, son autre main caressant cet endroit délicieux jusqu'à ce qu'elle ne puisse plus tenir un instant de plus. Ses muscles se contractèrent et le temps sembla s'arrêter tandis qu'une joie et un plaisir incomparables l'inondaient. C'était ce qu'elle voulait. C'était *tout*.

Elle eut l'impression de flotter dans les cieux tandis que ses convulsions s'apaisaient. Elle se rendit compte tardivement qu'elle l'avait probablement horrifié avec son comportement dévergondé. Sauf que... c'était lui qui avait voulu mettre sa bouche là en premier lieu. Et, de toute évidence, il savait ce qu'il faisait.

Cecilia avait passé son bras sur ses yeux. À présent, elle le regardait par-dessous son poignet.

— Me suis-je ridiculisée ?

La chaleur brillait au fond de ses yeux noisette.

— Bien sûr que non. Pour moi, tu as été spectaculaire.

— C'était donc... normal ?

— Je ne peux pas parler pour quelqu'un d'autre que moi, mais c'était exceptionnel.

— Manifestement, tu as déjà fait cela avant. À mon avis, tu peux dire, en toute objectivité, si je me suis comportée de manière horrible.

Elle passa la main sur ses yeux et les ferma. Elle sentit qu'il lui bougeait le bras.

— Ouvre les yeux Cecilia.

Elle s'exécuta, à contrecœur. Il se déplaça au-dessus d'elle, et son visage se retrouva à quelques centimètres du sien.

— Je t'en prie, n'aie pas honte de ce que nous faisons ensemble au lit, ou n'importe où ailleurs, si nous choisissons de nous livrer à des activités similaires, affirma-t-il en agitant les sourcils, avant de reprendre son sérieux. Peu importe si j'ai déjà fait cela auparavant, parce que je ne l'avais jamais fait avec *toi*.

Les paroles de John la mettaient à l'aise, et elle se sentait… bien. Il l'avait qualifiée de spectaculaire et avait dit qu'elle était exceptionnelle. Que lui fallait-il de plus pour se prouver qu'elle n'était pas une dévergondée ? Ou que, si elle l'était, c'était précisément ce qu'elle devait être ?

Elle enroula sa main autour de son cou.

— J'ai beaucoup aimé ça. Et je suis très satisfaite.

Les lèvres de John s'étirèrent en un grand sourire viril.

— Parfait. J'ai hâte de refaire ça avec toi, dit-il en l'embrassant dans le cou. Et encore.

Il descendit une nouvelle fois vers sa poitrine et tira doucement sur son mamelon avec ses dents.

— C'était donc ton intention ? De me séduire ? le taquina-t-elle. Peut-être ton plan était-il de m'attirer dans ce cottage et de me faire tienne.

Il éclata de rire et son corps vibra contre celui de Cecilia.

— Oui, j'ai fait en sorte qu'il y ait une terrible tempête de neige, affirma-t-il, l'embrassant entre les seins avant de ramener sa tête près de la sienne. C'est toi qui as commencé cette journée avec un plan en tête. J'espérais simplement endurer notre association et remporter la compétition.

Elle haussa les épaules en enroulant ses jambes autour de lui, ouvrant son sexe pour sentir son membre raide contre elle. Fermant brièvement les yeux, elle gémit doucement.

— Je crois qu'au bout du compte, nous avons gagné, conclut-elle en le regardant, les sourcils légèrement froncés. Enfin, pas toi. En fait, tu n'as même pas retiré ton pantalon.

Cecilia fit tourner ses hanches contre celles de John.

— Je sens que tu as besoin d'être satisfait toi aussi.

— Rien ne nous y oblige.

— Tu as dit que tu allais glisser ton sexe en moi. J'exige que tu le fasses.

Il leva un sourcil vers elle.

— Est-ce le genre d'épouse que tu seras ?

— Le genre qui demande ce qu'elle veut et attend de son mari qu'il tienne ses promesses ? le taquina-t-elle, glissant les mains entre eux pour déboutonner son pantalon. Absolument.

— Alors qui suis-je pour me mettre en travers de ton chemin ? Une épouse heureuse est, je le crois, la garantie d'une vie heureuse.

Cecilia rit de le voir se lever d'un bond et se débarrasser du reste de ses vêtements. Elle redevint sérieuse dès qu'elle vit la longueur raide de son sexe. Elle eut un moment d'incertitude en se demandant comment il pourrait pénétrer en elle, mais elle refusait d'être une nigaude stupide. Bien sûr que cela fonctionnerait. Et si elle se fiait à ce qu'il avait fait avec son doigt, la sensation serait merveilleuse. Le désir qu'il avait si récemment assouvi rugit à nouveau en elle.

— Je veux aussi être nue.

Elle s'assit et détacha une jarretière. John s'assit sur le bord du lit et s'occupa de l'autre. Puis il déroula soigneusement les bas de ses jambes et les déposa sur le sol.

— Voilà, dit-il en promenant son regard affamé sur elle. C'est mieux ?

— Ce sera mieux. Dès que tu auras terminé ce que tu as commencé.

Il se plaça au-dessus d'elle, glissant ses jambes entre celles de Cecilia.

— Je suis à tes ordres.

⁓

*J*ohn n'en revenait pas de sa bonne fortune. Il aurait pu aisément se retrouver piégé dans une tempête de neige avec une femme qu'il n'appréciait pas ou qui ne l'attirait pas. Au lieu de cela, il avait trouvé Cecilia, une personne dont il ne se serait jamais attendu à ce qu'elle capture son attention et peut-être même son cœur.

La regardant droit dans les yeux, il retint son souffle un instant. Cette femme allait devenir son épouse. Avec de la chance, la mère de ses enfants. Elle serait à ses côtés, et il serait aux siens. Il baissa la tête et l'embrassa, doucement, sincèrement. Leurs corps se rencontrèrent et elle s'agrippa à son dos.

Le pouls de Cosford s'emballa quand il sentit son corps contre lui. De tout son cœur, il voulait que ce soit bon pour Cecilia, et il ferait tout pour cela. Dans les années à venir, ils repenseraient à ce moment en souriant... il l'espérait.

Elle passa ses mains dans le dos de John, puis elle en fit glisser une entre eux.

— Puis-je te toucher ? murmura-t-elle.

— S'il te plaît.

— Bien sûr. Tu as dit que je pouvais. C'est juste que... je ne sais pas quoi faire.

S'appuyant sur un coude, John posa son autre main sur celle de Cecilia.

— Tu peux l'entourer de ta main, si tu le souhaites.

Il guida sa main vers son vit et elle le saisit.

— Comme ça ?

— Oui. C'est très agréable si tu le caresses. Déplace ta main de haut en bas.

Il lui montra comment faire, et elle trouva rapidement un rythme exaltant.

— Peux-tu connaître l'extase en faisant cela ? s'enquit-elle.

— Pour cela, il faut aller plus vite, lui répondit-il avant de lui montrer, guidant sa main plus rapidement le long de son érection. Et plus vite encore au fur et à mesure que le plaisir augmente.

— Comme tu l'as fait avec moi, avec tes doigts et ta bouche. Puis-je mettre ma bouche sur toi ici ?

— J'*espère* que tu le feras, mais pas aujourd'hui.

— Pourquoi pas aujourd'hui ? Ou ce soir ? Tu as dit que nous allions sans doute rester ici au moins jusqu'au matin.

Elle avait raison, mais il ne voulait pas non plus l'épuiser.

— Nous verrons.

La main de Cecilia continuait de le caresser quand sa poigne se relâcha.

— Est-ce que tu te fais cela ?

— Euh… oui, répondit-il, hésitant, car il avait du mal à se concentrer sur ce qu'elle disait.

— Je veux te regarder un jour. Me laisseras-tu faire ?

Ceci attira son attention. John leva la tête et regarda Cecilia.

— Tu es absolument stupéfiante. Et… bon sang ! Oui ! Tu pourras me regarder, acquiesça-t-il, imaginant une soirée où ils se feraient plaisir ensemble, et il faillit se répandre dans la paume de la jeune femme. Assez.

Il posa à nouveau sa main sur celle de Cecilia et guida son vit vers le sexe de la jeune femme.

— Je vais aller doucement.

Il n'avait jamais fait cela avec une femme pour qui c'était la première fois. Il espérait ne pas tout gâcher.

— Soulève un peu tes hanches.

Elle se cambra, lui offrant un meilleur angle.

— Comme ça ?

— Juste comme ça.

Il se glissa en elle et gémit doucement. Elle était tellement serrée et chaude autour de lui… Il resta ainsi sans bouger, laissant à leurs corps le temps de s'habituer l'un à l'autre.

— Est-ce que ça va ?

— Je me sens vraiment… comblée.

— Est-ce douloureux ? Je crois savoir que cela peut faire mal la première fois.

— C'est un peu inconfortable, mais aussi agréable, ce qui n'est pas très logique.

— Je crois que je comprends, lui répondit-il, et il commença à bouger très lentement. Et maintenant ?

— Oh ! C'est… agréable.

« Agréable » semblait décevant, mais il allait s'accorder du temps.

— Soulève tes jambes et enroule-les autour de moi, Cecilia.

Ce qu'elle fit, posant ses talons sur les fesses de John.

— C'est mieux, dit-elle, et elle haleta lorsqu'il s'enfonça en elle à nouveau. Plus vite… je crois.

Il ne voulait pas la submerger de sensations, mais si c'était ce qu'elle voulait, il était plus qu'heureux de se plier à ses exigences. Un cheveu blond s'était égaré sur la joue de la jeune femme. John l'écarta et l'embrassa.

— Si à un moment tu te sens mal à l'aise, dis-moi d'arrêter.

Elle hocha la tête, puis planta ses pieds dans le bas de son dos.

— Ne t'arrête pas. Je veux à nouveau ressentir cette libération.

Il releva la tête, souriant.

— Alors, trouvons l'extase ensemble.

Elle répondit avec empressement à ses coups de reins, ses hanches se mouvant à un rythme délicieux contre les siennes. Elle enfonça ses doigts dans la nuque de John alors qu'il abaissait la tête pour prendre brièvement son mamelon dans sa bouche. Un gémissement puissant et délirant s'échappa de ses lèvres, et John s'abandonna à la magie de leurs corps qui fusionnaient.

Ses coups de reins se firent de plus en plus rapides et profonds. Le plaisir déferla en lui, le guidant vers cette douce félicité. Il voulait partager ce moment avec elle, même s'il savait que ce ne serait peut-être pas possible. Pourtant, il allait essayer. Il se redressa pour pouvoir glisser sa main vers le sexe de Cecilia. Il caressa son clitoris tout en continuant à plonger en elle.

Les muscles intimes de la jeune femme se contractèrent, se serrant autour de lui. Il bougea les doigts plus rapidement, la pénétra plus profondément. Elle cria son nom, exactement comme il l'avait espéré. Il s'abandonna au ravissement qui l'envahissait.

Juste avant de jouir, il se retira d'elle. Comme il avait tardé à le faire, il se répandit sur les cuisses de Cecilia. Jurant, il agrippa son sexe, finissant le travail qu'ils avaient commencé ensemble et se perdant dans la félicité de son orgasme.

Lorsqu'il revint à lui, John roula sur le côté, prenant garde de ne pas tomber du lit étroit.

— Était-ce normal ? s'enquit-elle.

Il lutta pour retrouver la capacité de parler et de lui expliquer.

— Ce n'est pas toujours aussi désordonné. Je suis sincèrement désolé. J'empêchais l'arrivée d'un bébé. Ou, du moins, j'essayais. Je crains d'avoir été un peu lent. Laisse-moi trouver quelque chose pour te laver.

Se levant du lit, il balaya le petit cottage du regard. Ils manquaient cruellement de moyens pour se nettoyer. Il pouvait toujours lui donner sa lavallière, mais alors il ne pourrait pas la porter le lendemain lorsqu'ils seraient inévitablement confrontés à leurs parents, ou quiconque viendrait les chercher.

Elle sembla comprendre sa consternation.

— Donne-moi mon jupon. Je me servirai de la partie supérieure.

Il alla chercher le vêtement et le lui tendit, lui tournant le dos pour lui laisser de l'intimité.

— Pourquoi as-tu empêché l'arrivée d'un bébé ? lui demanda-t-elle. On attend de toi que tu engendres un héritier.

— Oui, mais il n'est pas nécessaire de le faire immédiatement. La remarque que tu as faite tout à l'heure au sujet de la reproduction m'a mené à penser que tu n'avais pas hâte d'être mère.

— C'est excessivement attentionné de ta part.

Il se retourna alors et fut frappé par l'expression de reconnaissance sur le visage de Cecilia. Elle semblait sincèrement touchée. Et cela lui donna envie de l'embrasser à nouveau.

— Cela ne me dérange pas de devenir mère tout de suite. J'étais sarcastique tout à l'heure. Les choses ont… changé depuis ce moment, remarqua-t-elle avec un petit rire doux.

— Effectivement, murmura John.

— Reviens au lit, lui dit-elle, posant son jupon sur le sol et se tournant sur le côté pour présenter son dos au feu. J'ai froid sans toi.

— Tu n'as pas besoin de me le demander deux fois.

Il grimpa dans le lit face à elle, tirant la couverture sur eux. Puis il l'entoura de ses bras et l'attira tout contre lui.

— C'est mieux ?

— Mmmh, oui. Nous devrions nous servir de cela comme moyen de défense. Il n'y avait tout simplement pas d'autre moyen pour nous de lutter contre le froid.

Il scruta les taches d'or au centre de ses iris brun cognac.

— Je ne crois pas que nous aurons besoin d'une défense.

— Penses-tu que nos parents vont accepter cette situation sans sourciller ?

— Elle n'est pas idéale, mais elle permet d'atteindre leur objectif : nous allons nous marier.

Cecilia lui caressa l'épaule.

— Et qu'en est-il de ton objectif ? Ce n'est pas ce que tu

avais prévu. Je suis désolée, c'est à cause de moi que nous nous sommes perdus.

Il posa un doigt sur ses lèvres.

— Nous en avons déjà parlé, et ce n'est pas ta faute. En réalité, je pense que cela devait arriver, que l'univers a réparé une erreur commise il y a cinq ans en nous réunissant aujourd'hui.

Les lèvres de la jeune femme esquissèrent un sourire sensuel.

— Tu crois que nous avons toujours été destinés à tomber amoureux et à nous marier ?

Cela signifiait-il qu'elle tombait amoureuse de lui ? Car lui était déjà à moitié amoureux d'elle.

— Oui, je le crois. Si tu n'es pas d'accord, ne me le dis pas.

Elle se pencha en avant, franchissant l'espace qui les séparait, et l'embrassa.

— Il se trouve que je pense que tu as parfaitement raison.

CHAPITRE 9

*L*a maison était-elle en train de s'écrouler? Non, il faisait un rêve. Personne ne ferait ce genre de bruit. John fronça les sourcils et ouvrit les yeux. Dès qu'il vit le plafond bas et sentit le corps chaud contre lui, il se souvint de l'endroit où il se trouvait. Et avec qui.

Ce bruit devait être celui de leurs sauveteurs frappant à la porte.

— Ouvrez!

C'était une voix d'homme, et John ne la reconnut pas d'emblée. S'agissait-il du père de Cecilia? Il secoua doucement la jeune femme.

— Mon amour, nous sommes découverts.

Elle ouvrit lentement les yeux, et il lui fallut un moment pour y voir clair. Et sitôt qu'elle y parvint, elle les écarquilla.

— Nous étions censés être réveillés et habillés!

Oui, c'était ce qu'ils avaient prévu. La neige avait cessé de tomber au milieu de la nuit, mais il y en avait plusieurs centimètres sur le sol, du moins dans la clairière. John s'était dit que quiconque les chercherait ne pourrait pas atteindre le cottage avant la fin de la matinée, ou même l'après-midi.

Il s'était trompé.

— Je n'aurais pas dû sous-estimer l'empressement des parents à retrouver leur enfant disparu, murmura-t-il.

John se glissa hors du lit, lui laissant la couverture qui les couvrait à peine. Il enfila son pantalon et sa chemise tandis que les coups sur la porte et les cris se poursuivaient.

— J'arrive ! cria-t-il avant de donner sa chemise à Cecilia. Que veux-tu faire pour tes vêtements ?

Elle grimaça.

— Il me faudra beaucoup trop de temps pour m'habiller avant que tu ne leur répondes. Mais ne laisse personne entrer. Dis-leur que nous sortirons dans un instant.

Il acquiesça en rentrant sa chemise dans son pantalon. Il envisagea d'enfiler sa lavallière et ses chaussettes, mais cela ne ferait que retarder l'inévitable. Il lui sourit.

— Nous n'avons rien à cacher. Ce ne sont peut-être pas les meilleures circonstances, mais le résultat sera celui qu'ils souhaitaient.

Convaincu que tout irait bien, John se dirigea vers la porte et tourna le verrou. Puis il ouvrit avec précaution et se glissa dehors.

Son père et celui de Cecilia se tenaient l'un à côté de l'autre. Leur hôte, M. Beverley, était à l'écart, les traits plissés par l'inquiétude. Leurs pères restèrent bouche bée devant John, leurs regards allant de ses cheveux certainement ébouriffés à ses pieds nus, en passant par sa tenue sommaire. Bon sang ! Il faisait froid, malgré le soleil qui se levait.

— Que diable êtes-vous en train de faire ? s'exclama lord Winchcombe, le père de Cecilia.

— Je vous prie de bien vouloir excuser ma tenue négligée, dit John d'un ton affable. Nos vêtements étaient très mouillés lorsque nous avons été piégés par la tempête d'hier.

Les yeux du père de Cecilia s'exorbitèrent.

— Juste Ciel ! Est-ce que Cecilia est dans le même état ? Si vous l'avez déshonorée…

John leva une main.

— Il me semble que votre intention était de nous marier, Cecilia et moi. Nous sommes fiancés, très heureux de l'être, et nous attendons avec impatience la cérémonie.

Le père de John, le duc d'Ironbridge, le regarda en plissant les yeux, l'air sceptique.

— Hier matin encore, tu n'étais pas favorable à cela.

Le baron gronda.

— Il a compromis ma fille, et il n'a pas le choix.

Alors que la colère commençait à monter en lui, John s'efforça de garder son sang-froid. Il avait certes mûri, mais, apparemment, tout ce qui avait trait à Cecilia déchaînait ses passions.

— C'est la tempête qui nous a compromis, je le crains. Nous avons fait connaissance très rapidement, et notre enfermement forcé nous a amenés à déterminer sans tarder que nous étions bel et bien faits l'un pour l'autre.

Le père de la jeune femme s'éclaircit la gorge.

— Je veux parler à Cecilia.

— Nous allons bientôt sortir, répondit John avec un sourire alors qu'il se tournait vers la porte.

Le baron lui posa la main sur l'épaule.

— Bon sang ! Il s'agit de ma fille ! Vous ne la contrôlerez pas.

John posa un regard froid sur son futur beau-père.

— Comme elle sera bientôt ma femme, je défendrai ses souhaits, et son souhait est que vous restiez ici pendant que nous nous rendons présentables. Il n'y a pas de conflit ici, Winchcombe.

— C'est un scandale ! Tous les convives de la partie de campagne savent que vous avez disparu ensemble, affirma le baron avec un bref coup d'œil vers Beverley.

— Ils ne savent rien, répliqua John calmement. Dites que vous m'avez trouvé dans un arbre et Cecilia dans ce cottage. Dites que nous avons passé la nuit avec des locataires. Vous pouvez inventer toutes les histoires que vous voulez.

Il se tourna ensuite vers son père, espérant obtenir son soutien.

— John a raison, déclara le duc. C'est à nous de décider du récit que nous en ferons. Nous dirons qu'ils ont été trouvés chez l'un des locataires et qu'ils ont passé la nuit séparément.

Il se tourna ensuite vers Beverley.

— Pouvez-vous appuyer cette histoire ?

Beverley acquiesça.

— Bien sûr. Et comme ils vont se marier, le scandale serait minime, de toute façon.

Le visage du père de Cecilia était rouge vif.

— Pour autant, je ne veux pas que l'on sache qu'ils se sont retrouvés seuls dans un minuscule cottage pendant toute la nuit !

— Tous les cinq, nous sommes les seuls à le savoir, intervint John.

— Six, le corrigea Winchcombe. Il y a un cocher.

John hocha la tête.

— Je crois sincèrement que l'histoire du locataire est crédible et qu'elle sera attendue. En fait, ce sera un récit romantique de la façon dont Cecilia et moi sommes tombés amoureux, sous l'œil attentif d'un couple charmant.

— Impeccable, acquiesça Beverley avec un hochement de tête. Je connais justement des locataires qui seront heureux de se conformer à ce récit. Nous nous y arrêterons sur le chemin du retour pour donner de la crédibilité à cette histoire.

— Une histoire, en effet, marmonna Winchcombe.

John afficha un grand sourire, ignorant l'aigreur de son futur beau-père.

— Parfait. Maintenant, si vous voulez bien m'excuser.

Il se retourna pour rentrer dans la maison, mais son père lui attrapa le coude.

— Un mot, John, lui murmura son père.

Ils se déplacèrent légèrement à l'écart des autres hommes, mais toujours sous le regard attentif du futur beau-père du jeune homme.

— Es-tu certain que c'est ce que tu veux ? s'enquit son père, scrutant son visage.

— C'est ce que tu voulais, n'est-ce pas ?

— Oui, soupira son père. Cependant, lorsque votre enfant disparaît du jour au lendemain, même s'il est adulte, les choses qui semblaient vitales le deviennent moins. Toutes les attentes que je nourris à ton égard en tant qu'héritier me concernent davantage que toi. Je sais que je t'ai poussé à poursuivre des études, à voyager, à briguer un siège aux Communes, et maintenant à te marier. Au bout du compte, tout ce que je veux, c'est que tu sois heureux.

John resta un instant sans voix. Son père avait toujours exigé l'excellence, mais il n'avait jamais été sévère.

— Tu sembles éprouver des regrets, mais ce n'est pas nécessaire. Tu es un bon père, et ce qui me rendra heureux, c'est de suivre ta voie. La première étape sera d'épouser une femme que je pense aimer.

Un sourire adoucit les traits de son père.

— C'est merveilleux à entendre. Ne me laisse pas te retenir, dit-il à son fils, lui serrant l'épaule.

Avec un signe de tête, John se retourna et se glissa dans le cottage. Cecilia avait enfilé son corset et son jupon, et ses pieds couverts de bas dépassaient de l'ourlet.

— J'ai entendu une partie de ce que vous avez dit. Nous avons passé la nuit chez un locataire ?

John acquiesça en s'asseyant sur le lit pour enfiler ses chaussettes.

— Oui. Je suis navré de te dire que ton père semble au bord de la crise d'apoplexie.

— Ce n'est pas surprenant. Il méprise le moindre soupçon d'inconvenance.

John enfila ses bottes et attacha sa lavallière avant de se lever.

— Nos débuts ne sont peut-être pas convenables, mais si nous n'avions pas été réunis de force, nous serions peut-être encore en désaccord.

Cecilia alla récupérer sa robe sur le crochet.

— Je le lui dirai.

Ils finirent de s'habiller, et John replaça le lit contre le mur. Il se tourna vers Cecilia, qui tentait de se recoiffer.

— Tu n'as qu'à mettre ton chapeau, cela couvrira les dégâts.

— Tu as parfaitement raison !

Elle reprit son chapeau et le posa sur sa tête, lui jetant un regard interrogateur.

— Merveilleux, la complimenta-t-il, puis il alla chercher sa cape et la lui drapa sur les épaules.

Elle attacha le fermoir au niveau de sa gorge.

— Avec un peu de chance, nous parviendrons à entrer dans la maison sans être vus.

— Je suis sûr que ton père insistera sur ce point, remarqua John avec un petit sourire, mettant son chapeau et son manteau. Prête ?

— Je suppose. Je dois avouer que je n'aime pas l'idée de quitter notre nid.

Elle ramassa le panier vide, dont ils avaient mangé tout le contenu la veille au soir. John empoigna la bouteille et la rangea dans le panier avant de le lui prendre des mains.

— Laisse-moi porter ça.

— Quelle galanterie !

S'approchant de la porte, il l'ouvrit pour la laisser sortir.

Les trois gentlemen s'étaient éloignés de la porte. Son père s'avança en la voyant.

— Est-ce que tu vas bien, Cecilia ?

— Je ne me suis jamais sentie aussi bien, papa. Je pense que tu es également très satisfait, tu gagnes le gendre que tu désirais.

Le baron se renfrogna.

— Ce n'est pas ainsi que cela devait se passer.

— Néanmoins, c'est ce qui s'est produit, et si tel n'avait pas été le cas, je continuerais sans doute à détester Cosford. Au lieu de cela, je constate que je suis plutôt éprise. Et je pense que cela constitue une excellente conclusion.

Son père semblait dubitatif.

— Ce n'est pas la conclusion, car vous devez vous marier.

— Bien sûr qu'ils vont se marier, intervint le duc d'un air contrarié. Calmez-vous, Winchcombe. Nous ferons lire les bans dès notre retour à Ironbridge.

Le père de Cecilia inspira brusquement et rejeta les épaules en arrière.

— Pas à Ironbridge. Ils se marieront à St Peter à Winchcombe dans quatre semaines, et ils n'auront aucun contact d'ici là.

John fronça les sourcils.

— Sauf durant le reste de la partie de campagne.

Il jeta un coup d'œil inquiet vers son père, espérant qu'il plaiderait pour qu'ils restent. Le duc fit un signe de tête presque imperceptible à John avant de s'adresser à Winchcombe.

— Vous ne voudrez sûrement pas partir avant la fin de la journée d'après-demain. Cela ne fera qu'attirer l'attention sur... des choses.

— Vous avez sans doute raison, grommela le baron. Très bien. Nous partirons à la date prévue. Mais ils ne se verront plus jusqu'au mariage.

Cecilia s'approcha de son père.

— Nous pouvons sans doute passer un peu de temps ensemble, surtout pendant les fêtes de fin d'année.

— Non.

— Pas même pour l'Épiphanie ?

— Je ne permettrai pas que tu passes du temps avec ce brigand tant que vous ne serez pas mariés.

— Ce n'est pas un brigand, papa, protesta Cecilia d'une voix douce, adressant un regard d'excuse à John. Sans son aide, j'aurais pu mourir de froid. De plus, si tu as une si piètre opinion de lui, pourquoi autorises-tu ce mariage ?

La fureur se lisait dans les yeux du baron.

— Ce mariage *doit* avoir lieu, indépendamment de ce que les gens pensent ou ressentent.

John admettait pouvoir comprendre la colère de Winch-combe, surtout à cet instant, alors qu'il venait de découvrir que sa fille avait passé la nuit avec un homme qui n'était pas encore son mari. Il espérait cependant que sa colère se dissiperait rapidement.

— Je pense que nous pouvons tous nous accorder sur le fait qu'une circonstance malheureuse a bien tourné, dit le duc tranquillement. Allez, mettons-nous en route. Beverley, vous avez parlé d'un locataire qui pourrait leur fournir un alibi ?

— Effectivement, je connais un couple, confirma leur hôte avec un geste en direction de la calèche. Après vous.

Winchcombe prit le bras de Cecilia avant que John puisse le faire. Il la conduisit ensuite à la calèche, puis l'installa sur le siège orienté vers l'avant avant de prendre place à côté d'elle. John ne pouvait donc pas s'asseoir à côté d'elle, ce qui était bien sûr le but recherché par le baron.

Il prit le siège opposé avec son père, tandis que Beverley se glissait à côté de Winchcombe. Il adressa un signe de tête encourageant à Cecilia, mais cela n'atténua pas les sillons qui barraient son front. Plus tard, il les lisserait.

D'une manière ou d'une autre.

~

*A*près un court trajet en calèche, ils arrivèrent à un charmant cottage avec un petit ensemble de dépendances indiquant qu'il s'agissait d'une ferme. Cecilia ne savait pas à quoi s'attendre, mais ce qu'elle vit la réconforta. Cela ressemblait à un endroit où résidaient des personnes bienveillantes.

M. Beverley, qui avait bavardé pendant tout le trajet depuis la cabane du bûcheron, peut-être pour réduire la gêne, quitta la calèche et se précipita vers le cottage pour informer les habitants du stratagème envisagé.

— Que ferons-nous s'ils refusent de jouer le jeu de cette ruse ? s'enquit le père de Cecilia, sans s'adresser à personne en particulier.

La jeune femme avait ressenti sa tension comme un horrible frisson tandis qu'elle était serrée contre lui dans le véhicule.

— Pourrions-nous sortir ? s'enquit-elle.

L'air frais de l'hiver serait préférable à l'atmosphère tendue de cet espace plus chaud.

Son père lui lança un regard irrité.

— Pas tant que nous ne sommes pas certains d'avoir une raison de le faire.

Cecilia osa couler un regard en direction de John, qui lançait des regards glaciaux au père de la jeune femme. Sa froideur à l'égard du baron la réconfortait. Il était déjà son allié.

— Je suis persuadé que la ruse fonctionnera, dit Ironbridge, aimable.

Cecilia était heureuse qu'au moins un de leurs pères se comporte raisonnablement.

— Je suis convaincue que M. Beverley ne l'aurait pas suggéré s'il ne partageait pas votre confiance.

Leur hôte revint vers la calèche avec un grand sourire.

— Venez à l'intérieur. Il y a du thé chaud et du pain tiède.

À cet instant, un grondement sonore et embarrassant s'échappa du ventre de Cecilia. Et l'abdomen de John s'en fit rapidement l'écho. Elle réprima un sourire, mais pas lui.

— Je crains que le panier de victuailles d'hier n'ait pas suffi à nous rassasier, déclara-t-il.

— Alors, hâtez-vous !

Beverley leur tint la portière, et le père de Cecilia sortit. Après l'avoir aidée à descendre, John et son père suivirent.

Ils se dirigèrent vers le cottage, où ils furent immédiatement introduits à l'intérieur. Des poutres grossièrement taillées s'étendaient sur le plafond bas de la pièce principale ; et sur le mur opposé, un feu puissant crépitait dans une large cheminée.

— Bienvenue, dit une femme d'une quarantaine d'années.

Elle sourit gaiement et sembla laisser son attention s'attarder légèrement sur Cecilia. Était-ce parce que cette dernière ne retirait pas son chapeau ? Elle n'osait pas à cause de ses cheveux en désordre.

M. Beverley s'adressa à tous.

— Je vous présente le duc d'Ironbridge, son fils, lord Cosford, ainsi que lord Winchcombe et Mlle Bromwell, dit-il, puis il fit un geste vers l'homme du même âge qui se tenait à ses côtés. Permettez-moi de vous présenter M. et Mme Harrison. Ils ont été informés de la situation et sont prêts à nous apporter leur aide.

— En effet, confirma Mme Harrison, se dirigeant vers Cecilia. Voulez-vous du thé, ma chère ? Quelque chose à manger ?

— Ce serait vraiment charmant de votre part, merci.

— Venez donc à table.

Avec un sourire gentil, Mme Harrison guida Cecilia vers le côté de la pièce principale, où se trouvait une table à manger. Faite d'un chêne robuste et garnie d'une théière et de ce qui ressemblait à une miche de pain frais, elle était des plus accueillantes.

Cecilia se glissa dans un fauteuil et faillit sauter sur le pain.

Les yeux bleus de Mme Harrison reflétaient sa gentillesse ; elle coupa le pain et enduisit une tranche de beurre avant de la poser dans une assiette qu'elle plaça devant Cecilia.

— Je vais vous servir un thé, lui dit leur hôtesse avant de se tourner légèrement. Lord Cosford, joignez-vous à nous.

Quelques instants plus tard, alors que Cecilia savourait déjà sa première bouchée du délicieux pain, John s'assit à côté d'elle. Il se vit lui aussi offrir une assiette garnie d'une tranche de pain beurré.

Tout en la soulevant, il coula un regard vers Cecilia.

— Serait-ce de mauvais goût si je demandais de la confiture ? chuchota-t-il.

Elle porta la main à sa bouche et s'efforça de réprimer un rire. Mme Harrison plaça les tasses de thé près de leurs assiettes.

— Et voilà. Mangez pendant que je coupe plus de pain et que je vais chercher du jambon. Voulez-vous des œufs ?

— Oui, s'il vous plaît, dit Cecilia, prenant à peine le temps d'avaler avant de répondre.

— Nous n'aurons pas le temps pour cela, aboya son père derrière elle.

On aurait dit qu'il se tenait encore près de la porte.

— Laissez-les manger, Winchcombe, répliqua Ironbridge, qui semblait passablement exaspéré. Ils sont affamés.

Cecilia sentait le regard noir de son père lui brûler l'arrière du crâne. Elle préférait vraiment éviter sa condamnation.

— Peut-être pourrions-nous en emporter un peu dans la calèche, suggéra-t-elle.

— Ou bien, nous pourrions rester ici et manger, dit John en jetant un coup d'œil par-dessus son épaule à son père.

— Je me disais que Mlle Bromwell aimerait aussi s'arranger un peu, proposa Mme Harrison.

Cecilia se demandait à quoi ressemblaient ses cheveux.

— Ce serait *vraiment* agréable.

— C'est réglé, alors, lança le duc, dont la voix retentit dans la pièce. Ils vont se restaurer et prendre un court moment de répit pour se remettre de leur aventure.

Son ton était ferme. Pourtant, Cecilia retint son souffle, attendant de savoir si son père allait protester. Heureusement, il n'en fit rien.

Alors que John prenait une nouvelle bouchée de pain, elle se pencha légèrement vers lui.

— J'imagine que ton père ne supportait pas les querelles dans sa maison.

John lui répondit d'une voix aussi basse que la sienne.

— Chaque fois qu'il utilisait ce ton, nous savions qu'il valait mieux que nous fermions notre bouche. Et quitter la pièce aussi vite que possible, de peur qu'il ne se mette vraiment en colère.

— Je vois.

Cecilia but une gorgée de thé, ravie d'avoir une boisson chaude.

Quelques minutes plus tard, Mme Harrison apporta du jambon et des œufs. Cecilia les dévora avec un empressement peu digne d'une lady. Quand elle eut terminé, elle lança un regard penaud à John.

— Je te promets que je ne mange pas comme cela d'habitude. Ni autant ni aussi vite.

— Peut-être n'as-tu pas remarqué, mais j'avais englouti mon assiette alors qu'il te restait encore quelques bouchées. Tu n'as pas à t'excuser, la rassura-t-il avec un petit rire. Je n'ai pas non plus l'habitude de dévorer mes repas.

Cecilia se rendit compte qu'ils avaient beaucoup à apprendre l'un sur l'autre. Elle s'agita sur sa chaise et termina sa tasse de thé.

— Prête à monter ? lui demanda Mme Harrison.

— Oui, merci.

John bondit sur ses pieds pour tenir sa chaise. Cecilia se leva et effleura brièvement sa main de la sienne.

Mme Harrison se tourna vers John.

— M. Harrison prépare une bassine pour que vous puissiez vous laver.

— Je vous remercie très sincèrement, dit-il.

Son regard se porta sur Cecilia et s'y attarda tandis qu'elle se retournait et accompagnait Mme Harrison vers l'escalier situé de l'autre côté de la pièce.

Elles passèrent devant le coin salon près de l'âtre, où étaient assis leurs deux pères. Le duc adressa un sourire à Cecilia, tandis que son propre père fixait le feu d'un air renfrogné. Elle eut soudain envie de lui donner un coup de pied. Il était ridicule. N'était-ce pas l'issue qu'il avait souhaitée ? Avec un peu de chance, sa mère réussirait à apaiser son irritation.

Cecilia suivit Mme Harrison dans l'escalier, puis dans la chambre à coucher.

— Pendant que vous mangiez, M. Harrison a monté de l'eau chaude. Elle devrait être juste à la bonne température pour vous, maintenant. Elle se trouve derrière le paravent.

— Merci, dit Cecilia, reconnaissante de la bonté de cette femme.

Elle passa derrière le paravent et faillit pousser un cri de plaisir en sentant l'odeur de lavande dans la vapeur qui s'échappait de l'eau. Mme Harrison avait pensé à tout.

— Il y a un miroir et une brosse à cheveux. Je serai ravie de vous aider à vous recoiffer lorsque vous aurez terminé.

— Je pense que vous devez être un ange, madame Harrison.

Cecilia retira son chapeau et le posa sur la commode à côté de la bassine d'eau. Elle déboutonna ensuite sa robe et se frotta le visage et le cou, se sentant instantanément rafraîchie.

— Pas vraiment. Je comprends simplement ce que c'est que d'être dans une situation difficile et d'avoir besoin de l'aide des autres.

— Vous êtes-vous retrouvée dans une situation similaire ? l'interrogea Cecilia.

— Oui. Au début de notre mariage, avec M. Harrison, nous avons subi un incendie. Nous avons perdu la plupart de nos effets personnels, et la structure a dû être reconstruite. Entre-temps, nous avons dû vivre chez des voisins, et c'est à cette époque que j'ai eu mon premier enfant. Nos aimables hôtes avaient eux-mêmes cinq enfants, qui les occupaient déjà beaucoup.

Cecilia entendit le sourire dans la voix de la femme.

— Vous donnez l'impression de vous en souvenir avec tendresse, mais comment est-ce possible ? Je suis sincèrement désolée de ce qui vous est arrivé.

Cecilia n'arrivait pas à s'imaginer perdre sa maison.

— C'était incroyablement bouleversant, comme vous pouvez l'imaginer, mais je garde de merveilleux souvenirs du temps que nous avons passé avec nos voisins. Ils se sont montrés si gentils et généreux. Je me suis promis de toujours faire tout ce que je pourrais pour aider les autres.

À cet instant, Cecilia se promit la même chose : elle ferait tout ce qu'elle pourrait, chaque fois qu'elle le pourrait, pour venir en aide à ceux qui en auraient besoin, quels qu'ils soient.

— Soyez bénie, madame Harrison.

Après s'être lavée, Cecilia reboutonna sa robe, puis contempla son reflet dans le miroir. Ses cheveux étaient un véritable désastre.

— Je crois que je vais avoir besoin de votre aide pour mes cheveux, si cela ne vous dérange pas.

— Pas du tout ! Puis-je venir vous voir ?

— Oui, s'il vous plaît.

Cecilia retira les dernières épingles de ses cheveux. Mme Harrison jeta un coup d'œil à la tête de la jeune femme et lui adressa un signe de tête confiant.

— Nous allons arranger cela en un rien de temps.

Elle tira une chaise du mur et fit signe à Cecilia de s'y asseoir. Puis elle prit la brosse et entreprit de démêler les nœuds dans ses cheveux.

— Vous avez de magnifiques cheveux blonds, constata Mme Harrison. Les miens étaient exactement de cette couleur.

— N'est-ce pas encore le cas ?

Cecilia résista à l'envie de tourner la tête pour regarder, mais elle était presque certaine que la teinte des cheveux de la femme correspondait à la sienne.

— Ils sont un peu plus pâles. Vous ne voyez pas les cheveux blancs, mais ils sont bien là. M. Harrison les trouve séduisants, ajouta-t-elle avec une pointe d'espièglerie dans la voix.

Cecilia sourit.

— Il semble que vous et M. Harrison ayez un mariage heureux, constata-t-elle, espérant qu'il en serait de même pour elle.

— Sans aucun doute. Je l'aime plus aujourd'hui qu'hier et que le jour d'avant. Il est un merveilleux partenaire. J'ai la

chance d'avoir un mari qui m'apprécie et me traite comme
une personne sur laquelle il peut compter et qu'il peut
consulter.

Effectivement, elle avait de la chance. Cecilia grimaça
lorsque Mme Harrison passa la brosse dans un nœud particulièrement serré. La femme murmura des excuses, mais elle
lui assura que tout allait bien.

— Combien d'enfants avez-vous ? l'interrogea Cecilia.

— Quatre. Les deux aînés sont mariés, et les deux plus
jeunes s'occupent des moutons.

La jeune femme entendit à nouveau la joie dans la voix de
Mme Harrison. Ou peut-être était-ce de la fierté. Probablement les deux.

— Est-ce là la vie que vous vous étiez imaginée ? Celle que
vous espériez ?

Cecilia espérait toujours connaître l'amour, mais John lui
avait dit qu'il n'était pas un romantique. Mais il avait aussi dit
qu'ils étaient destinés à tomber amoureux. Cela signifiait-il
qu'il l'aimait ? Elle ne pourrait pas le savoir tant qu'il n'aurait
pas prononcé les mots. Était-elle prête à prononcer elle-
même ces mots ?

— Absolument, répondit aussitôt Mme Harrison. Dès que
j'ai rencontré M. Harrison, j'ai su que nous devions partager
notre vie. Il n'a pas vraiment été frappé de la même certitude,
mais il ne lui a pas fallu longtemps pour se raviser, expliqua-
t-elle avant d'éclater de rire.

Cecilia ne put s'empêcher de tourner la tête pour
regarder Mme Harrison qui posait la brosse à cheveux sur la
commode.

— Que s'est-il passé pour qu'il change d'avis ?

— Joseph Drucker m'a emmenée faire un tour dans sa
charrette. M. Harrison a rendu visite à mon père dès le
lendemain.

— Sans vous en parler d'abord ?

Mme Harrison commença à épingler les cheveux de Cecilia.

— Il m'a dit qu'il était certain de ses sentiments et des miens, même si je ne lui avais rien dit d'explicite. Il a fait un acte de foi, et il a eu raison. Nous avions raison tous les deux.

Cecilia ne put s'empêcher de penser à sa propre situation. La veille au soir, John et elle avaient fait un acte de foi. Mais qu'en était-il de leurs sentiments, et de la... certitude ? La nécessité de se marier ne leur permettait même pas de réfléchir à leurs sentiments.

Le silence s'installa pendant que Mme Harrison terminait la coiffure de Cecilia.

— Je pense que cela suffira, dit-elle enfin. Jetez-y un coup d'œil et dites-moi si cela vous convient.

Se levant, Cecilia se regarda dans le miroir et passa la main sur ses cheveux relevés. Le style était simple, mais élégant. Surtout, elle n'avait plus l'air d'avoir passé la nuit dans les bras de son amant.

Son *fiancé*.

— Vous êtes un ange et une magicienne, la complimenta Cecilia, qui se tourna pour serrer l'autre femme dans ses bras.

En fait, elle s'accrocha fermement à elle.

— Mon Dieu ! Vous avez connu des moments difficiles, n'est-ce pas ? lui demanda Mme Harrison en lui tapotant le dos. Peut-être pas difficiles, mais j'imagine que les choses ont changé de manière spectaculaire et rapide.

Cecilia acquiesça en s'écartant de l'autre femme.

— Que vous a dit M. Beverley ?

— Seulement que vous et lord Cosford avez été contraints de passer la nuit ensemble pour échapper à la tempête, et que vous venez de vous fiancer.

— Et il vous a demandé de mentir en disant que nous étions ici.

— Ce que je suis heureuse de faire, répondit-elle, puis elle fronça les sourcils. À moins que vous ne vouliez pas que je le fasse ? Me suis-je trompée en pensant que vous et lord Cosford êtes bien assortis ? J'ai cru discerner un véritable lien entre vous deux.

— Vraiment ?

Cecilia éprouva comme un vertige exaltant au milieu de l'anxiété qui agitait son ventre. Mme Harrison hocha la tête, et la jeune femme poursuivit.

— J'avoue que je m'inquiète du fait que tout se soit passé aussi vite. Hier, à cette heure, je complotais pour que John et moi ne nous revoyions plus jamais. Et maintenant, nous voilà prêts à nous marier. J'avais espéré faire un mariage d'amour, mais nous ne pouvons pas être amoureux si tôt, n'est-ce pas ?

— Je crois que c'est possible, dit lentement Mme Harrison. Mais vous seule pouvez le savoir. Et lord Cosford, bien sûr. Je suis sûre que vous aurez le temps de définir vos sentiments l'un pour l'autre. De mon point de vue, il semblerait que vous soyez sur la bonne voie pour une union heureuse.

Elle sourit chaleureusement à Cecilia.

Les paroles de Mme Harrison apaisèrent les inquiétudes de la jeune femme. Les choses s'étaient produites rapidement, et le comportement grincheux de son père n'arrangeait rien.

— J'apprécie votre aide, madame Harrison. Je pense que John et moi serons heureux ensemble.

Et, avec un peu de chance, l'amour viendrait.

CHAPITRE 10

Q uand John était descendu de la calèche à leur arrivée à Broadheath, le père de Cecilia était déjà en train de la pousser à l'intérieur. Ce n'était pas comme s'il s'était attendu à l'embrasser ou à la toucher, mais il avait espéré au moins pouvoir échanger quelques mots de réconfort avant qu'ils ne se séparent.

Il était également impatient de savoir ce qu'elle ressentait. Leur vie avait complètement basculé en une nuit.

Une nuit spectaculaire et déterminante, au cours de laquelle il était passé du désir de s'éloigner de Cecilia le plus tôt possible à celui de passer le reste de sa vie en sa compagnie. Pour être honnête, c'était une révélation aussi stupéfiante que terrifiante. Malgré cela, il n'avait aucun regret quant à la manière dont les choses s'étaient déroulées. Mais qu'en était-il de Cecilia ?

John ne l'avait pas vue de la journée, pas depuis qu'ils avaient été séparés à leur arrivée. À cet instant, alors qu'il se dirigeait vers le salon avant le dîner, il ne pouvait qu'espérer qu'elle serait présente.

— John ! Attends un instant.

S'arrêtant juste devant le salon, le jeune homme se retourna au son de la voix de sa mère. Il lui avait déjà parlé à leur retour ce matin-là, et elle avait été ravie d'apprendre ses fiançailles. Cependant, elle avait également semblé un peu inquiète.

De taille moyenne, avec des yeux vert olive et un sourire des plus chaleureux, la duchesse d'Ironbridge savait mettre John à l'aise. Sa simple présence renforçait sa confiance et le rassurait sur sa place dans le monde, dans sa famille. Il était conscient de la chance qu'il avait d'avoir des liens aussi étroits avec ses parents et ses frères et sœurs.

Elle lui toucha gentiment le bras.

— As-tu été informé des plans concernant l'annonce des fiançailles ?

— Seulement que M. Beverley ferait officiellement l'annonce ce soir.

John était presque certain que tous les convives de la partie de campagne étaient déjà au courant. Ses amis l'étaient, car tous l'avaient cherché, et ils s'étaient rendus dans la salle de billard pour discuter de la tournure surprenante des événements.

John leur avait scrupuleusement répété les détails de la supercherie, prétendant avoir passé la nuit chez les Harrison. Ses amis pensaient que ces fiançailles n'étaient dues qu'à la volonté de préserver les apparences et non à un lien émotionnel ou physique entre John et Cecilia. Il aurait voulu leur affirmer avec la plus grande véhémence qu'ils étaient liés à tous les niveaux et qu'il ne désirait qu'une chose : se marier avec elle. Cependant, il s'était contenté de dire qu'ils avaient découvert qu'après tout, ils étaient faits l'un pour l'autre et qu'ils souhaitaient tous deux se marier. En dire plus aurait éveillé les soupçons et suscité d'autres questions, deux choses qu'ils devaient éviter.

La duchesse acquiesça.

— Oui, il va le faire avant que nous passions dans la salle à manger. Tu accompagneras Mlle Bromwell, et vous serez assis ensemble.

Ainsi, elle serait présente. John se retint de sourire. Malgré cela, il s'était trahi, d'une manière ou d'une autre.

— Cela te fait plaisir ! remarqua sa mère avec un petit rire.

— Il est impossible de te cacher quoi que ce soit, soupira John.

— Tu n'avais pas besoin de me cacher que tu étais tombé amoureux de ta fiancée… si c'est bien ce qui s'est passé.

Amoureux ? Dire que c'était ce qu'il ressentait semblait prématuré, et pourtant John ne voyait pas d'autre moyen de décrire la chaleur joyeuse et la grande impatience qui accompagnaient chacune de ses pensées… qui étaient toutes centrées sur Cecilia.

John lui adressa un sourire qu'il espérait rassurant.

— Je crois que je garderai cela entre Cecilia et moi.

Sa mère connaissait la vérité sur la façon dont ils avaient passé la nuit, mais elle n'avait pas cherché à en savoir plus.

— Voilà un garçon intelligent. Je parlerai plus tard à sa mère au sujet du mariage. Es-tu sûr que l'heure et le lieu te conviennent ?

Dans quatre semaines, le 16 janvier, à l'église St Peter de Winchcombe.

— Tout ce qui est acceptable pour ma fiancée le sera pour moi.

John voulait le confirmer avec Cecilia, car le lieu et la date avaient été fixés par le père de cette dernière.

Souriante, la duchesse serra légèrement son bras avant de retirer sa main.

— J'espère que Mlle Bromwell sait quel homme merveilleux elle épouse. Si ce n'est pas le cas, vu que vous ne vous êtes côtoyés que brièvement, je pense que ce sera le cas très bientôt.

— Pas si nous n'avons pas le droit de nous voir, répondit John, l'air légèrement renfrogné.

Avant leur arrivée à Broadheath, le père de Cecilia avait répété qu'ils seraient séparés jusqu'au mariage.

— C'est vrai. Enfin, je vais discuter de cela avec lady Winchcombe, dit la mère de John. C'est idiot de vous empêcher d'apprendre à mieux vous connaître. Vous êtes fiancés, après tout.

Elle ne dit pas l'évidence, à savoir que les fiançailles étaient aussi valables qu'un mariage.

— J'avoue ne pas comprendre son obstination. Peut-être auras-tu plus de chance avec sa femme.

John ne pouvait qu'espérer que ce serait le cas. En attendant, il profiterait au maximum de cette soirée avant que la partie de campagne se termine le lendemain. Il offrit son bras à sa mère.

— Puis-je t'accompagner au salon ?

— Certainement, répondit-elle avec un grand sourire, posant la main sur la manche de son fils.

Une fois à l'intérieur, ils discutèrent avec Mme Beverley avant de se séparer. La duchesse s'en alla parler à une autre amie, tandis que John se rendait directement auprès d'un valet de pied qui tenait un plateau de vin. Il choisit un verre de madère et en but une bonne gorgée avant d'être accosté par Spetch.

Le baron entraîna John dans un coin de la pièce.

— Ma femme m'a supplié de découvrir la vérité sur ce qui s'est passé hier. Et la nuit dernière. Tu ne peux pas me laisser sans informations.

— Ta femme devrait demander à son amie.

Cependant, John ne doutait pas que, comme lui, Cecilia ne dirait rien.

Était-ce vrai ? Elle avait promis à son père de ne révéler la vérité à personne, mais il ne la connaissait pas assez bien pour savoir si elle était sincère. Ce qui ne voulait pas dire qu'il ne lui faisait pas confiance. Il ne lui aurait pas reproché de vouloir se confier à une amie. N'était-ce pas une chose que faisaient les femmes ? En tout cas, ses sœurs le faisaient.

— Mlle Bromwell est restée enfermée dans sa chambre toute la journée. Lorsque Dinah a tenté de la voir, lady Winchcombe et la femme de chambre de Mlle Bromwell l'ont rabrouée. D'ailleurs, Dinah s'inquiète qu'elle ne soit même pas présente ce soir, dit Spetch avant de baisser la voix. Elle craint que Mlle Bromwell n'ait attrapé froid et ne soit malade.

Un sentiment de détresse envahit John, mais quelqu'un l'aurait sûrement informé si sa fiancée était tombée malade. Non, c'était son père ou bien ses deux parents qui la tenaient éloignée de lui. Et de ses amies, apparemment. John aurait aimé pouvoir échanger quelques mots avec son futur beau-père, mais son propre père le lui avait déconseillé, l'avertissant que Winchcombe risquait de reporter sur sa fille toute la frustration qu'il éprouvait à son égard. Cosford ne voulait surtout pas rendre les choses plus difficiles pour Cecilia.

— Elle va bien, dit John d'un ton ferme. En fait, elle sera là ce soir.

— Dinah sera tellement soulagée.

John balaya la pièce du regard et aperçut lady Spetchley qui se tenait de l'autre côté de la pièce avec Main et son épouse, Mme Mainwaring. Il remarqua qu'ils s'étaient tous tournés vers la porte, le regard convergeant vers le même point. Se tournant, il vit la raison de leur distraction.

Cecilia se tenait dans l'embrasure de la porte, au bras de son père, sa mère à ses côtés. Elle était toujours incroyablement belle, ses boucles blondes arrangées avec élégance, son corps somptueux drapé dans une magnifique robe bleue rehaussée de fils d'or. Il se rappelait chaque courbe de sa chair, le goût de ses lèvres et de sa langue, le son de son plaisir.

Et voilà qu'il durcissait... Cela ne pouvait pas arriver. Il but la moitié du madère qui restait dans son verre.

S'il brûlait d'envie d'aller directement la voir, il ne voulait pas non plus contrarier son père. Il attendit et regarda leurs hôtes saluer Cecilia et ses parents. La jeune femme sourit brièvement, mais ce sourire n'atteignit pas ses yeux. Du moins, pas de là où se trouvait John.

C'était une véritable torture que de se tenir si loin d'elle et d'essayer de deviner son état d'esprit. Il but une gorgée de vin et posa son verre pas tout à fait vide sur une table avant de se diriger à grands pas vers la porte.

M. Beverley vit John s'approcher et lui adressa un signe de tête.

— Et voici le futur marié. Il semblerait que ce soit le bon moment pour faire l'annonce ?

Beverley se tourna vers Winchcombe, ce qui ne manqua pas d'agacer John, dont les nerfs étaient déjà à vif.

— En effet, c'est le cas, dit-il rapidement avant que son futur beau-père puisse répondre.

Ensuite, John saisit la main de Cecilia et se pencha sur elle avant d'effleurer son gant de ses lèvres.

— Bonsoir, Cecilia. Tu es plus ravissante que jamais.

Il sentit un tremblement le long de sa main et réprima un sourire.

— Merci, murmura-t-elle.

Beverley leur fit signe de s'approcher et il se dirigea vers le centre de la pièce.

John offrit son bras à Cecilia et ignora le regard noir de Winchcombe. Il surprit la femme de ce dernier en train de lui chuchoter qu'il ne devrait pas avoir l'air de ne pas approuver leur mariage. Le baron prit un air impassible. C'était sans doute mieux qu'un air irrité.

— J'espère que tu as passé une journée raisonnablement supportable, dit John à voix basse alors qu'ils accompagnaient leur hôte.

— « Raisonnablement supportable » est… généreux. Ma mère m'a obligée à rester au lit pour s'assurer que je n'avais pas attrapé froid, expliqua Cecilia en levant les yeux au ciel. J'allais bien, et c'est toujours le cas.

John fut soulagé de l'entendre. Il jeta un regard à Winchcombe.

— L'humeur de ton père ne semble pas s'être améliorée.

— Non, c'est vrai. En général, sa colère met du temps à s'apaiser.

Hélas, ils n'avaient plus le temps de discuter, car Beverley annonça leurs fiançailles ainsi que sa joie de voir que le mariage avait été décidé lors de sa partie de campagne. Ils furent ensuite félicités par une longue file de personnes, avant de passer dans la salle à manger.

Si John était assis à côté de Cecilia, ils ne pouvaient pas pour autant discuter en privé. Au moins, il était rassuré : elle allait bien.

Alors que le dernier plat touchait à sa fin, John se pencha vers Cecilia.

— Je m'excuserai et sortirai de la salle à manger dans un quart d'heure. Retrouve-moi dans le petit salon à côté de la bibliothèque.

Les yeux bruns de la jeune femme s'arrondirent brièvement, et elle sembla vouloir protester. Il posa la main sur la sienne sous la table.

— Essaie, lui murmura-t-il.

Puis il se leva, l'aida à faire de même, et les femmes quittèrent la salle à manger. John passa le quart d'heure suivant à essayer de ne pas foudroyer du regard le père de Cecilia. Les yeux rivés sur l'horloge de la cheminée, il se sentait de plus en plus nerveux à mesure que les minutes s'écoulaient.

— Tout va bien ? lui demanda Main.

Il s'était installé sur la chaise de Cecilia alors qu'on leur versait le porto, et Spetch s'était assis à la gauche de John. Leur autre ami, Priest, se trouvait de l'autre côté de Main.

— Parfait, affirma John en prenant son verre.

Il termina son porto et se rendit compte qu'il l'avait bu à un rythme bien plus rapide que les autres. Il n'était pas encore tout à fait l'heure prévue, mais John ne pouvait plus attendre.

— Pardonnez-moi, murmura-t-il. Je reviens vite.

Certains hommes se soulageaient derrière un paravent placé dans un coin de la salle à manger après le départ des dames, mais John n'avait jamais pris goût à cette pratique. Quoi qu'il en soit, ce n'était pas pour cela qu'il quittait la pièce.

Une fois sorti de la salle à manger, John se dirigea rapidement vers le salon, espérant que Cecilia l'attendrait déjà. Elle n'était pas là. Il s'obligea à s'appuyer contre le mur à côté de la porte afin de ne pas être trop visible à l'intérieur de la pièce au cas où quelqu'un passerait par là.

Il lui fallut attendre dix minutes avant d'entendre le murmure des jupes et le claquement des talons. Le cœur de John s'emballa alors qu'il anticipait son entrée.

Puis elle fut là, franchissant le seuil. John l'entoura de son bras et l'écarta du chemin pour qu'il puisse fermer la porte doucement, mais fermement. Ses yeux croisèrent ceux de Cecilia juste avant qu'il n'abaisse la tête et ne réclame sa bouche, l'embrassant comme il en mourait d'envie depuis qu'ils avaient été interrompus ce matin-là. Il avait du mal à croire que cela ne faisait même pas un jour qu'il l'avait tenue dans ses bras ; il avait l'impression que c'était il y a une éternité.

Elle enroula ses bras autour de son cou et lui rendit son baiser, leurs langues se mélangeant tandis qu'il la pressait contre la porte. Son corps bouillonnait de désir, et il se demanda s'ils ne devraient pas prendre un risque...

Cecilia tira sur ses cheveux, rompit leur baiser et leva les yeux vers lui.

— Nous partons demain à la première heure, et je ne te verrai plus jusqu'au mariage.

— *Bon sang!* souffla John. Ma mère a l'intention d'en discuter avec la tienne. Nous trouverons un moyen.

Cecilia fronça les sourcils.

— Mon père peut se montrer incroyablement obstiné.

John caressa doucement la pommette de la jeune femme avec le dos de sa main.

— Comment vais-je passer le mois prochain sans te voir ? Sans te toucher ? Sans te tenir dans mes bras ? Je n'ai qu'une envie, passer chaque instant avec toi pour te connaître entiè-rement, corps et âme.

Elle frissonna sous ses doigts.

— Tout cela est tellement... bouleversant. Hier, je croyais avoir trouvé un moyen de ne plus jamais avoir à te revoir. Et maintenant, tu vas être mon mari.

— J'ai eu la même pensée, répondit-il, et il espérait qu'elle était arrivée à la même conclusion que lui. Mais je ne regrette pas ce qui s'est passé. Ce n'était pas ainsi que j'avais imaginé faire la cour à ma future épouse, mais le résultat sera tout aussi doux.

— Tu sembles si sûr de toi.

— Je le suis.

John aurait voulu trouver un moyen de la rassurer, et de lui faire savoir que tout irait bien. Il prit le visage de Cecilia entre ses mains et la regarda droit dans les yeux.

— Je n'ai aucun doute. Hier, nous nous sommes retrouvés dans les bras l'un de l'autre, et je crois de tout mon être que cela *devait* arriver. Que *nous* étions faits pour être ensemble.

Il sut à cet instant précis qu'il l'*aimait*. C'était choquant. Incroyable. Miraculeux.

Mais il ne lui en dit rien, de peur d'aggraver une situation qui s'était déroulée à la vitesse de l'éclair.

— Que puis-je faire pour t'aider à te sentir moins bouleversée ? lui demanda-t-il.

Cecilia secoua la tête, et John baissa les mains.

— Je ne sais pas. Je suis sûre que c'est en partie dû à mon père. Il est tellement grognon !

— Peut-être peux-tu simplement l'ignorer ? proposa John.

Il lui prit la main et y déposa un baiser.

— Je peux essayer, mais ma mère dit qu'il croit que tu m'as attirée dans le cottage du bûcheron et que tu m'as séduite, expliqua Cecilia, détournant le regard. Ma mère m'a demandé à plusieurs reprises si je voulais vraiment de ce mariage, ou si j'avais été manipulée.

— Et tu lui as assuré que tu n'avais pas été manipulée, dit John, qui retint son souffle en attendant sa réponse.

— Bien sûr que oui ! Peut-être faut-il simplement que je convainque mon père, et qu'il deviendra plus conciliant. Avec un peu de chance, il nous autorisera à nous voir.

John se demandait s'il ne devait pas parler au père de Cecilia. Il n'y avait eu aucune manipulation, mais Mère Nature avait fait en sorte que Cecilia et lui aient l'occasion de se rendre compte qu'ils étaient faits l'un pour l'autre.

— Je l'espère aussi.

Il se pencha vers elle pour l'embrasser à nouveau. Avant qu'il puisse poser ses lèvres sur celles de la jeune femme, elle se dégagea de son étreinte et lui jeta un regard d'excuse.

— Je dois retourner au salon avant qu'on ne remarque mon absence.

Puis elle disparut.

John allait s'assurer que le père de Cecilia savait qu'il

s'agissait d'une union qu'ils souhaitaient tous les deux, et qu'il tenait profondément à elle. Qu'il l'aimait.

Peut-être était-ce ce que Winchcombe avait besoin d'entendre.

Mais il était hors de question que John ne le dise pas d'abord à Cecilia.

CHAPITRE 11

*C*e soir-là, alors que Cecilia se préparait à se coucher, sa mère entra dans sa chambre. Ferris, la femme de chambre, se retira dans le petit vestiaire où se trouvait son grabat, et la jeune fiancée demeura figée à côté du bord de son lit.

— La soirée s'est très bien passée, dit la baronne qui alla s'asseoir sur une chaise placée contre le mur en face du lit de sa fille.

Cecilia regarda sa mère, qui portait toujours sa tenue de soirée. Si elle s'était retirée relativement tôt, principalement pour éviter le regard noir de son père, elle imaginait que beaucoup des convives étaient encore en bas pour profiter de la dernière nuit de la partie de campagne.

Comme la jeune femme ne répondait pas, sa mère poursuivit :

— J'ai eu une conversation des plus agréables avec ta future belle-mère. Elle est très impatiente de t'accueillir dans sa famille.

Comme Cecilia avait également discuté avec la mère de John, elle le savait déjà. Cela lui faisait également prendre conscience du fait qu'on lui donnait l'impression d'avoir fait quelque chose de mal, alors que la famille de John était plus que satisfaite de la tournure des événements. Cecilia éprouvait une telle frustration à l'égard de ses parents qu'elle n'arrivait même pas à s'exprimer.

— As-tu apprécié le dîner avec ton fiancé ?

— Autant que possible.

Cecilia gardait les yeux rivés sur l'un des montants de son lit plutôt que sur sa mère.

La baronne expira.

— Je ne sais pas pourquoi tu es contrariée.

— Bien sûr que tu ne sais pas. Papa et toi ne voyez aucun mal à agir comme si j'avais commis une immense transgression. Je n'avais pas prévu de me retrouver bloquée avec Cosford.

Cecilia prenait soin d'utiliser le titre de John, de peur que ses parents ne pensent qu'employer son prénom était une preuve de son immoralité.

— Je le sais bien, dit sa mère d'une voix douce. Je m'excuse pour la façon dont tout cela s'est passé. Cela n'a pas été… idéal.

Cecilia regarda sa mère.

— Non, effectivement. Cependant, le résultat est celui que vous désiriez, alors pourquoi ne pas vous réjouir plutôt que de vous agiter à propos d'un scandale qui n'aura pas lieu ? Et même s'il y en avait un, pourquoi devrions-nous nous en préoccuper ? Un jour, je serai duchesse.

— Les duchesses ne sont pas imperméables au scandale, répliqua la baronne, pinçant les lèvres. Toutefois, je pense que nous en avons évité un. Si quelqu'un remet en question les événements d'hier, il pourrait y avoir des spéculations, mais nous n'avons aucun contrôle là-dessus.

— Les gens qui aiment faire des ragots et dévaloriser les autres parleront, quelles que soient les circonstances. À un moment donné, il faut savoir garder la tête haute et ignorer les commentaires, maman.

— Bien que cela soit vrai, si les gens apprennent ce qui s'est réellement passé…

— Personne, en dehors de John et de moi, ne sait ce qui s'est réellement passé.

Cette fois-ci, Cecilia employa son prénom à dessein. À l'évidence, sa mère croirait ce qu'elle voudrait.

— Et personne ne le saura jamais.

— Allons, ne vas-tu pas le dire à tes amies ? Bien sûr que si. Et l'une d'entre elles pourrait révéler tes secrets.

Cecilia savait que ses amies n'en feraient rien, mais elle n'avait pas l'intention d'en discuter avec sa mère.

— Je n'ai rien dit à personne, et je n'en ferai rien, pas même à toi.

La baronne avait essayé de soutirer des détails à Cecilia, mais elle n'avait rien avoué, si ce n'était que John et elle avaient décidé qu'ils se marieraient, et, pour cela, sa mère aurait dû lui être reconnaissante. Rien d'autre n'avait d'importance, du moins à leurs yeux.

— Je comprends. Et je n'insisterai pas davantage, dit sa mère, qui semblait s'excuser, ce qui apaisa Cecilia… légèrement. Je prie simplement pour que ce soit l'union que tu désires. Je voulais simplement m'assurer que tu te marierais par amour. J'espère que tu le sais.

Elle croisa le regard de Cecilia, et la sincérité que la jeune fille lut dans ses yeux faillit la pousser à avouer son inquiétude. Et si John ne l'aimait jamais ?

Pourquoi pensait-elle à de telles choses ? Il n'était peut-être pas romantique, mais il croyait qu'ils étaient destinés à tomber amoureux. Cela signifiait sans doute qu'il l'était déjà à moitié.

— J'aurais préféré que l'on me fasse la cour, avoua Cecilia.

— Les circonstances ont empêché cela, répondit sa mère. Au moins, tu ne le détestes plus.

— C'est vrai, acquiesça la jeune femme, se disant qu'elle pourrait, en fait, l'aimer.

— Je crois que tout se passera bien, ajouta la baronne avec une certitude surprenante. Tu verras. Notre famille a une longue tradition d'entremetteuses accomplies, qui remonte à la cour de la reine Élisabeth.

Cecilia connaissait l'histoire de leur famille. L'une de ses ancêtres avait été entremetteuse officielle à la cour de la reine. Depuis lors, les femmes de leur famille avaient pris très au sérieux l'activité d'entremetteuse, qu'elle soit voulue ou non.

— Est-il réellement vrai qu'aucun des mariages arrangés par notre famille n'a connu l'échec ?

— C'est la légende.

Son utilisation du mot « légende » ne lui inspirait pas confiance, mais Cecilia ne fonderait pas sa relation avec John sur des « légendes ». Elle porta sa main à sa bouche, comme si elle bâillait.

— Tu dois m'excuser, mais je suis un peu fatiguée.

En fait, elle ne l'était pas, puisque sa mère l'avait obligée à rester dans sa chambre tout l'après-midi. Cecilia avait fait la sieste, ce qui n'avait pas été difficile étant donné qu'elle n'avait pas eu une nuit de sommeil complète. Elle rêvait de retrouver l'intimité douillette du cottage du bûcheron avec John.

La baronne se leva. Cecilia ne bougea pas du côté du lit.

— Bonne nuit, ma chérie. Je tâcherai d'organiser un moment en privé entre lord Cosford et toi avant notre départ demain.

Elle adressa à Cecilia un sourire qui se voulait rassurant. Sauf que la jeune femme avait de sérieux doutes quant à la

réussite de sa mère. Son père était quelqu'un d'incroyablement têtu.

— Merci.

Cecilia croisa les bras, au cas où la baronne déciderait de
l'étreindre.

Avec un signe de tête, cette dernière s'en alla.

Cecilia souffla. Puis elle contempla son lit et se demanda
comment elle allait pouvoir dormir. Après avoir passé la nuit
précédente dans les bras de John, elle ne voulait pas être
seule. Elle voulait aussi qu'il la rassure en lui affirmant que
tout irait bien, qu'il désirait autant qu'elle un mariage
d'amour et que le mois suivant passerait vite.

~

D'une manière ou d'une autre, Cecilia était
parvenue à s'endormir. Elle s'en rendit compte,
car quelqu'un était en train de la réveiller. Une main lui
secouait doucement l'épaule.

— Cecilia ?

Elle ouvrit les yeux, mais la chambre était encore plongée
dans l'obscurité. Pourtant, elle avait reconnu la voix.

— John ?

— Chut. Veux-tu venir avec moi ?

Repoussant sa couverture, Cecilia s'assit.

— Où ?

— Viens avec moi, murmura-t-il en lui prenant la main.

— Et ma robe de chambre ou mes pantoufles ?

— Tu n'en as pas vraiment besoin, mais j'attendrai si tu
veux les prendre.

— Et si l'on nous surprend ? s'enquit la jeune femme,
secouant la tête. Mon père en ferait une crise d'apoplexie.

— Personne ne nous surprendra. Nous n'allons pas loin.
Tu me fais confiance ?

Cecilia serra la main de John.

— Je te fais confiance.

— Jamais je n'aurais imaginé que ces trois mots puissent être aussi excitants, chuchota-t-il encore avant de l'embrasser vite et fort.

Le corps de Cecilia frémit. Le lien qui les unissait n'avait pas faibli depuis la nuit précédente. À cet instant, elle comprit qu'elle risquerait tout pour être avec lui, même l'ire de son père.

Il la conduisit hors de sa chambre, et ils parcoururent une courte distance dans le couloir. Puis il ouvrit une porte à peine visible dans le mur, couverte d'une peinture, et l'entraîna à l'intérieur.

— J'ai trouvé ce placard judicieusement placé et je me suis dit que ce serait un meilleur endroit pour être avec toi au milieu de la nuit que ta chambre à coucher. Je me rappelle t'avoir entendue dire que ta femme de chambre y était logée avec toi.

Il parlait un peu plus fort qu'avant, mais toujours à voix basse.

— Oui, elle dort sur un grabat dans la penderie, confirma-t-elle.

Le placard était encore plus sombre que sa chambre à coucher, car il n'y avait pas de cheminée pour leur procurer la maigre lumière des braises mourantes.

— J'aimerais pouvoir te voir. Pourquoi m'as-tu amenée ici ?

— Je ne supportais pas de te dire au revoir demain sans pouvoir te prendre dans mes bras une dernière fois. Cela te convient-il ? lui demanda-t-il, hésitant.

— Bien plus que cela.

Cecilia enroula les mains autour du cou de John et l'attira à elle pour qu'il l'embrasse. Leurs lèvres se touchèrent, arrachant un gémissement au jeune homme. Puis il plongea sa langue dans la bouche de sa fiancée, et elle fut submergée d'un besoin désespéré de le sentir contre elle. Leurs baisers étaient torrides et frénétiques, comme s'ils étaient insatiables. Du moins, c'était ce que ressentait Cecilia. Entre deux baisers, elle lui dit :

— Je dois avouer que je préfère un lit à un placard.

— Moi aussi.

Il déposa des baisers sur son cou, ses lèvres et sa langue l'excitant au plus haut point. Elle le repoussa.

— Je n'en peux plus.

John lui caressa la joue.

— Ma douce Cecilia. J'ai tellement envie de toi… Je pourrais te prendre ici, si tu me le permettais.

— Debout ? s'enquit-elle, le corps vibrant de désir. Oui. S'il te plaît. Maintenant !

— Relève ta chemise de nuit jusqu'à ta taille, murmura-t-il juste avant que sa main ne plonge dans l'encolure de son vêtement et ne vienne caresser son sein.

Cecilia gémit alors qu'il taquinait son mamelon, le massait et le pinçait. Elle parvint à remonter sa chemise de nuit jusqu'à sa taille comme il le lui avait demandé. Il se plaqua contre elle, la chaleur de sa chair rencontrant celle de Cecilia. Haletant, elle s'agrippa à son épaule de sa main libre.

John lui saisit la hanche et la poussa fermement contre le fond du placard. Puis il lui souleva la jambe et l'enroula autour de sa taille.

— Laisse-la ici.

Il l'embrassa à nouveau tandis que sa main passait sur la cuisse de Cecilia ; ses doigts caressèrent son sexe. Il frotta doucement la chair, créant une délicieuse friction. Elle gémit dans sa bouche, impatiente de connaître l'extase.

— Jouis pour moi, Cecilia. Je sens que tu es proche. Jouis pour moi avant que je me glisse en toi. Je veux te sentir frémir autour de moi.

Il caressa le haut de son sexe, puis introduisit son doigt dans son fourreau.

Elle cria contre sa bouche et ses muscles intimes se contractèrent. Puis il la pénétra, la comblant et l'entraînant plus loin dans la profonde extase de sa libération.

Il agrippa les fesses de Cecilia des deux mains.

— Mets ton autre jambe autour de moi. Je te tiens.

Cecilia s'enroula autour de la taille de John et bloqua ses chevilles derrière lui. Il gémit en s'enfouissant en elle, puis il l'embrassa encore.

Son plaisir se poursuivit jusqu'à redevenir une escalade désespérée vers la satisfaction. Il la combla, encore et encore, la plongeant dans une frénésie de désir. La bouche de John s'écarta de la sienne, et il embrassa son oreille.

— Je t'aime, Cecilia. Maintenant et pour toujours.

Elle entendit ses paroles, mais elle était trop loin pour répondre ou même pour comprendre ce qu'il disait. Plantant ses talons dans son dos, elle jouit à nouveau, essayant désespérément de faire taire ses gémissements et ses soupirs dans le petit espace clos où ils se trouvaient.

Il commença à se retirer, et elle comprit qu'il voulait éviter qu'ils conçoivent un bébé. Elle s'en moquait. Ils allaient se marier et elle voulait être mère. Plus important encore, elle ne voulait pas qu'il la quitte.

— Ne pars pas, lui dit-elle, le serrant fort contre elle.

À un moment donné, elle avait lâché sa chemise de nuit, mais cela n'avait pas d'importance.

— Tu es sûre ? lui demanda-t-il, l'air tendu.

— Nous allons nous marier. Évidemment que je suis sûre.

Pourtant, il se retira d'elle et la reposa sur le sol.

— John, tu n'étais pas obligé de faire cela.

— Un moment, marmonna-t-il, les dents serrées.

Elle savait qu'il devait terminer, et elle ne voulait pas qu'il le fasse seul. Le trouvant dans l'obscurité, elle enroula sa main autour de celle de John.

— Laisse-moi faire. Puis elle se laissa tomber à genoux et le prit dans sa bouche.

Il lui agrippa la tête tandis qu'elle suivait son instinct, se servant de sa bouche et de sa langue pour lui donner du plaisir.

— *Cecilia.* Tu ne peux pas.

Elle cramponna sa hanche, enfonçant ses doigts dans sa chair alors qu'elle le caressait avec sa bouche, le prenant aussi profondément qu'elle le pouvait. Il entreprit des mouvements de va-et-vient de plus en plus frénétiques, jusqu'à ce qu'il essaie à nouveau de se retirer.

— Non ! parvint-elle à articuler avant de le serrer plus fort encore.

— Je vais me répandre dans ta bouche.

Elle posa une main sur ses testicules, se fiant à nouveau à son instinct, espérant que sa réponse sans paroles lui montrerait exactement ce qu'elle voulait. Son membre effleura le palais de Cecilia quand il jouit. Lorsqu'il eut fini, elle se releva, le corps encore frémissant de satisfaction.

— Cecilia, tu me stupéfies, dit-il avec douceur avant de la prendre dans ses bras et d'effleurer ses lèvres des siennes.

Elle recula, regrettant une fois encore de ne pas pouvoir le voir.

— As-tu dit que tu m'aimais ? l'interrogea-t-elle, car elle avait dû l'imaginer.

— Je l'ai fait. Mais, s'il te plaît, ne te sens pas obligée de me le dire en retour, à moins que tu ne sois sûre de toi.

— Et toi, tu l'es ?

Cecilia secoua la tête. Il ne lui mentirait pas. De cela, elle était certaine.

— Je t'aime aussi.

— Si seulement tu pouvais voir mon sourire. Je crains que mon visage ne se brise en deux, dit-il avec un doux rire.

— Oh, John ! s'exclama Cecilia avant de l'embrasser à nouveau. J'aimerais tant que nous n'ayons pas à être séparés si longtemps !

— Je vais faire tout ce qui est en mon pouvoir pour que ce ne soit pas le cas. Maintenant, retournons à ta chambre.

Il ouvrit la porte du placard et la raccompagna le long du couloir faiblement éclairé. Quelques instants plus tard, il la fit entrer dans sa chambre.

— Bonne nuit, Cecilia. Dors bien. Je sais que moi, je vais bien dormir.

Il lui décocha un sourire désarmant, probablement identique à celui qu'elle n'avait pas pu voir dans le placard, avant de s'en aller.

Ils s'aimaient. C'était réel. C'était le mariage dont elle avait rêvé.

Si seulement son père ne se montrait pas aussi difficile ! Ce n'était pas juste, surtout que c'était ce qu'il avait voulu. Si Cecilia appréciait la détermination de John à faire en sorte qu'ils ne soient pas séparés, elle devait parler à son père. Elle ne le laisserait pas se mettre entre elle et l'homme qu'elle aimait.

CHAPITRE 12

$\mathcal{A}$u réveil, John éprouva un mélange de joie et d'effroi. Sa joie de constater et de partager son amour avec Cecilia était incommensurable. Entendre de sa bouche qu'elle l'aimait aussi l'avait rendu encore plus heureux. C'était de la joie pure. Et il refusait de souffrir pendant un mois loin d'elle.

Déterminé, John descendit dans la salle à manger pour prendre son petit déjeuner. Il était en avance, et il prévoyait même d'être le premier arrivé.

Il avait tort. Winchcombe était déjà là et il leva brusquement les yeux lorsque John entra.

— Bonjour, Winchcombe, le salua John d'un ton enjoué, bien décidé à empêcher le baron de le provoquer.

— Vous vous êtes levé tôt, Cosford, remarqua son futur beau-père, avant de reporter son attention sur son assiette.

— C'est une habitude.

John se dirigea vers le buffet et se servit une variété de mets avant de s'asseoir à côté de Winchcombe à la table.

Le baron lui lança un regard, semblant se demander pour quelle raison John s'asseyait *là*.

— Je suis heureux d'avoir un peu de temps pour mieux vous connaître, étant donné que je n'ai guère eu l'occasion de faire la cour à Cecilia, déclara John de son ton le plus aimable.

— Vous ne lui avez tout simplement pas fait la cour ! grommela Winchcombe.

— Voilà pourquoi il serait merveilleux que nous puissions tous passer le prochain mois à apprendre à mieux nous connaître.

— Vous ne pouvez pas vous dédire ! Nous serions contraints de vous poursuivre pour rupture de promesse.

— Je n'ai aucune intention de me dédire. J'aime votre fille et je suis pleinement engagé envers elle et envers notre vie commune.

— Balivernes ! s'exclama le baron, surprenant John par sa réaction. Vous ne pouvez pas l'aimer, alors ne croyez pas que vous pouvez me mentir.

John posa ses couverts et se tourna vers Winchcombe.

— Pourquoi ne pourrais-je pas l'aimer ?

— Après une nuit ? Sa mère m'a dit qu'elle vous détestait avant et qu'elle ne voulait pas entendre parler d'une union avec vous. Et je devrais croire qu'elle est soudain impatiente de vous épouser ? ricana Winchcombe. Je ne suis pas un imbécile.

Essayant de comprendre le point de vue de cet homme, John imagina ce qu'il pourrait ressentir si sa fille avait affirmé ne pas vouloir épouser un homme, pour ensuite se retrouver coincée avec lui toute une nuit, de sorte qu'ils soient obligés de se marier.

— Je ne peux qu'imaginer à quoi cela ressemble de votre point de vue, affirma-t-il tranquillement. Cependant, la meilleure issue possible est née de la malheureuse situation dans laquelle Cecilia et moi nous sommes retrouvés bloqués ensemble. Nous avons découvert que non seulement nous étions compatibles, mais aussi que nous étions parfaits l'un pour l'autre. Je l'aime au-delà de toute raison, et je suis conscient de ce à quoi cela doit ressembler pour vous.

Il ne parlerait pas au nom de Cecilia, même s'il savait qu'elle l'aimait aussi.

— C'est vrai, papa.

Cecilia entra dans la salle à manger, surprenant John, et apparemment son père aussi. Tous deux levèrent la tête dans sa direction et se levèrent d'un bond.

— J'aime John, et je suis heureuse que nous ayons eu l'occasion de dépasser nos… réticences initiales.

John réprima son sourire, ce qui n'était pas chose facile vu que la bouche généreuse de Cecilia tressaillait de joie. Des réticences, en effet.

— Je ne comprends pas comment vous pouvez savoir que vous êtes amoureux, remarqua Winchcombe d'un ton bourru.

— Ce n'est pas parce que je t'ai fait attendre trois mois interminables avant d'accepter ta demande en mariage, afin de m'assurer que nous étions amoureux, qu'ils ne peuvent pas savoir.

Cela venait de lady Winchcombe, qui était entrée derrière sa fille. À présent, la tête de Cecilia se tournait vers elle, tout comme celles de John et du baron.

— Tu ne me l'as jamais dit, remarqua la jeune femme.

La baronne haussa les épaules.

— Cela n'avait pas d'importance. Quoi qu'il en soit, chaque personne est différente. Ton père et moi n'avons pas établi de lien immédiat. Peut-être aurions-nous dû essayer de nous retrouver isolés ensemble.

Cecilia porta une main à sa bouche, mais John voyait bien qu'elle essayait de ne pas rire.

— John et moi n'avons pas non plus partagé de lien immédiat. En fait, si. Une aversion mutuelle instantanée.

— C'est à peu près ça, confirma John, qui ne put s'empêcher de sourire.

— Voilà pourquoi je ne peux croire que vous soyez tombés amoureux ! Je sais à quel point Cecilia désire se marier par amour, mais la situation exige qu'elle épouse cet homme, déclara Winchcombe, regardant sa fille. Je détesterais l'idée que l'on te force à faire quelque chose que tu ne veux pas, tout en sachant que tu n'avais pas le choix.

— Papa, si je ne pouvais toujours pas supporter John, me forcerais-tu vraiment à l'épouser ? s'enquit Cecilia d'une voix douce.

Le baron baissa les yeux sur son assiette.

— Non. Mais cela aurait causé un scandale irréparable, répondit-il, posant à nouveau le regard sur sa fille. Je n'aurais pas voulu non plus que tu endures une telle chose. Ai-je tort de vouloir te préserver de la tourmente ?

Cecilia lui sourit.

— Non, pas du tout. C'est plutôt adorable, en fait. J'aurais simplement voulu que tu me le dises.

John était d'accord avec tout ce que Cecilia disait. Il était aussi très heureux d'entendre que le comportement du père de cette dernière était motivé par l'amour qu'il portait à sa fille.

— Cela signifie-t-il que tu es prêt à accepter que tu ne peux pas les séparer jusqu'au mariage ? demanda la baronne d'un ton vif, un léger sourire aux lèvres. Je dois commencer à préparer le bal des fiançailles pour l'Épiphanie.

Un bal ? *Fantastique.* Mais John aurait saisi n'importe quel prétexte pour voir Cecilia. Malgré tout, l'Épiphanie était encore loin. Il ne voulait pas fêter un seul Noël sans Cecilia.

— Puisque nous passerons l'Épiphanie à Isbourne Hall et que le mariage aura lieu dix jours plus tard à Winchcombe, puis-je vous suggérer de vous joindre à nous pour Noël à Ironbridge ?

John était certain que ses parents n'y verraient pas d'inconvénient. Lady Winchcombe plissa brièvement le nez en se dirigeant vers le buffet.

— C'est très gentil de votre part, mais je préfère passer Noël à Isbourne Hall. Il faudra aussi que je sois présente pour préparer le bal.

— Alors, peut-être Cecilia pourrait-elle venir. Elle sera bien chaperonnée.

John aurait voulu que ses parents soient présents pour le soutenir. Comme si ses pensées les avaient fait apparaître, ils entrèrent dans la salle à manger.

— Bonjour, les salua le duc avec un sourire chaleureux. Exactement les personnes avec lesquelles j'espérais déjeuner.

John se tourna vers son père.

— Nous étions en train de discuter d'un bal de fiançailles que lord et lady Winchcombe donneront le jour de l'Épiphanie à Isbourne Hall.

Le visage de la mère de John s'illumina.

— C'est fantastique ! Quelle merveilleuse façon de passer les vacances !

— Je suis entièrement d'accord, acquiesça John. Et, bien que lord et lady Winchcombe doivent rester à Isbourne Hall pour Noël, j'ai invité Cecilia à se joindre à nous à Ironbridge.

La duchesse sourit à la jeune femme.

— Oh ! Ce serait merveilleux. J'espère que vous pourrez venir.

— J'adorerais cela, répondit Cecilia. Je suis sûre que ma grand-tante Susan serait ravie de m'accompagner en tant que chaperon.

Elle coula un regard vers sa mère, qui avait rempli son assiette et s'approchait de la table. Si John ignorait tout de qui était la grand-tante Susan, il l'appréciait déjà.

Cecilia se servit un petit déjeuner aux côtés du père et de la mère de John, puis elle rejoignit ce dernier à table. Il recula la chaise à côté de la sienne en guise d'invitation. Elle posa son assiette et prit le siège qui lui était offert.

— Café ou thé ? s'enquit John, dans l'intention de la servir.

— Du thé, merci.

— Très bien, tu peux passer Noël à Ironbridge.

Ce ne fut pas la voix forte du baron qui surprit John, mais ce qu'il avait dit. Alors qu'il venait juste de soulever la théière, il sursauta et du liquide brun chaud se répandit sur la nappe et dans l'assiette de Cecilia.

Il haleta et manqua de lâcher le pot. Il parvint à le poser brusquement avant de causer d'autres dégâts. Il récupéra sa serviette.

— Est-ce que tu vas bien ? T'ai-je ébouillantée ?

— Heureusement, le thé ne m'a pas atteinte, répondit Cecilia, l'air amusé. T'a-t-on déjà dit que tu étais une menace, en particulier quand il est question de boissons ?

Les lèvres de John tressaillirent.

— En fait, oui. Et cette personne n'avait pas tort !

L'hilarité se lisait dans les yeux de Cecilia.

— Dès à présent, je t'interdis de brandir une boisson à moins d'un mètre de moi.

Elle s'éloigna de la table tandis qu'un valet de pied venait nettoyer le désordre. La mère de John observa les fiancés.

— J'allais vous suggérer à tous les deux de passer dans la salle du petit déjeuner, afin que vous puissiez manger dans une relative intimité avant notre départ.

— Quelle idée fantastique ! s'exclama John, prêt à prendre son assiette.

Ou pas. Il pensait à une dizaine d'autres choses qu'il préférerait faire avec Cecilia plutôt que de manger. Toutefois, il supposait que l'une de ces choses impliquait que sa bouche la goûte...

— Nous devons tous nous rendre dans la salle du petit

déjeuner, intervint Winchcombe. Cette table a besoin d'être refaite.

— Je vais déplacer vos assiettes dans la salle de petit déjeuner, proposa un valet de pied.

Il apporta un plateau et rassembla les objets sur la table avant de quitter la salle à manger avec hâte.

— Nous vous y rejoindrons, dit le père de John. Ensuite, nous pourrons discuter des détails du voyage de Cecilia à Ironbridge et du bal des fiançailles.

Quelques instants plus tard, le duc adressa un clin d'œil à John avant de quitter la salle à manger, laissant son fils seul avec Cecilia, le valet de pied et une servante venue nettoyer la table.

La jeune femme saisit la main de John et l'entraîna hors de la pièce.

— Où pourrions-nous aller ? Sais-tu s'il y a un placard dans les environs ?

— Je ne sais pas, dit John avec un sourire. Mais nous devrions probablement aller dans la salle du petit déjeuner. Nous venons de remporter des victoires importantes. Nous ne devrions pas tenter notre chance.

— Attends un instant, lui dit Cecilia en lui lâchant la main.

Il se tourna face à elle et remarqua le pli qui lui barrait le front.

— Quelque chose ne va pas ? Je pensais que tu serais heureuse de la tournure des événements.

— Je le suis, sans le moindre doute. C'est juste que… pourquoi m'as-tu quittée hier soir alors que je t'ai dit que tu n'étais pas obligé de le faire ?

Il se figea un instant, le temps de rassembler ses idées.

— Je ne voulais pas que tu te sentes piégée. Une fois de plus.

Elle cilla.

— Je ne me sens pas piégée. Est-ce ton cas ?

— Pas du tout. Mais je ne crois pas que l'un de nous deux puisse nier que cela a été le cas lors de ces premiers instants dans le cottage du bûcheron. Ai-je tort ?

— Non, répondit-elle, un sourire aux lèvres.

— Mon amour, je te choisirai mille fois, affirma-t-il, secouant la tête. Toujours. Je te choisirai *toujours*.

— Quand je t'ai dit de ne pas te retirer, j'étais sincère. C'était mon choix. À moins que tu préfères ne pas avoir d'enfants tout de suite ?

John n'y avait pas vraiment réfléchi, ce qui était idiot. Il avait été trop concentré sur le fait que sa vie avait changé du tout au tout.

— Je n'en sais rien. Ce que je sais, c'est que je veux passer du temps avec toi. Je préférerais donc peut-être attendre.

Si c'était possible. Il savait qu'au mieux, éviter de concevoir un enfant n'était qu'un travail bâclé.

— Nous aurions dû en discuter au lieu de nous fier à notre bon sens alors que nous étions en proie à la passion.

John rit à nouveau.

— Tu as parfaitement raison, dit-il, puis il reprit son sérieux et la regarda droit dans les yeux. Je m'excuse de ne pas t'avoir écoutée. Tes souhaits, tes *choix* sont très importants pour moi. Je t'en prie, dis-moi que tu choisirais de venir passer Noël à Ironbridge, que je n'ai pas créé une situation gênante dans laquelle tu as eu l'impression de devoir dire oui ?

— N'aie crainte, mon amour, je ne désire rien de plus que de passer ce Noël avec toi, où que ce soit, ainsi que tous les Noëls qui suivront.

John prit Cecilia dans ses bras et l'embrassa fougueusement. Il finit par s'éloigner avec beaucoup de réticence.

— Nous devons nous rendre dans la salle du petit déjeuner. J'ai particulièrement hâte de savoir quand tu pourras
venir à Ironbridge pour Noël.

Elle glissa son bras sous le sien.

— Le plus rapidement possible.

CHAPITRE 13

*V*ers la fin du petit déjeuner de mariage, John se rapprocha de sa femme.

— Quand crois-tu que tout le monde partira ? J'ai vraiment hâte que nous prenions la route.

Ils devaient partir pour Blickton, la demeure ancestrale des comtes de Cosford. Qui serait désormais leur maison.

— Pour que tu puisses me ravir dans la calèche ? demanda Cecilia en riant.

Il agita les sourcils.

— Cette fois, nous n'aurons pas de chaperon.

Ils avaient fait le voyage avec les parents de John quand Cecilia était venue à Ironbridge pour Noël.

— Et moi qui me réjouissais à l'idée d'avoir un vrai lit ! Je croyais que nous allions enfin cesser de nous retrouver derrière des haies humides et dans de petites alcôves. Ou dans des véhicules en mouvement.

— N'oublie pas les placards. Et l'étable.

La semaine précédente, John avait trouvé l'interlude de l'étable particulièrement délicieux.

— Ton impulsivité ne connaît pas de limites !

John éclata de rire.

— Tu le sais depuis des années. Et je sais faire preuve d'un peu de retenue, sinon je t'aurais embarquée il y a une heure.

— Les gens ont déjà commencé à partir, dit Cecilia. Ce ne sera plus très long.

— Je te promets de garder mes mains pour moi jusqu'à ce que nous arrivions à l'auberge.

Il leur faudrait voyager pendant deux jours avant d'atteindre Blickton. Elle lui adressa un sourire provocant.

— Je crois que nous pouvons trouver des moyens de nourrir notre impatience, au moins.

John gémit, submergé d'une vague de désir.

— Tu vas me torturer, mon épouse.

— Jusqu'à la fin de tes jours, confirma-t-elle avant d'afficher une expression impassible. De plus, je ne voudrais pas salir la calèche.

Elle faisait référence au fait que John se retirait toujours d'elle afin d'éviter de concevoir un bébé. Ils avaient décidé qu'ils préféraient attendre, au moins pendant un an, pour pouvoir profiter l'un de l'autre au tout début de leur vie commune.

John hocha la tête.

— C'est sans doute une sage décision.

Leurs amis, Spetch et sa femme, Dinah, les rejoignirent.

— Il est temps pour nous de nous mettre en route, dit Spetch. Je suis attendu à Londres demain.

Cecilia lui sourit, ainsi qu'à Dinah.

— Nous sommes vraiment heureux que vous ayez partagé notre journée avec nous.

— Nous n'aurions manqué cela pour rien au monde ! s'exclama Dinah. Je suis toujours aussi stupéfaite que vous soyez mariés, et encore plus follement amoureux.

— Je n'aurais pas parié là-dessus, dit Cecilia en riant.

— Organiserez-vous des divertissements à Blickton ?

s'enquit Spetch. C'est un domaine magnifique. J'aimerais que Dinah le voie.

Cecilia acquiesça.

— Bien sûr que oui ! Vous devriez prévoir d'assister à une partie de campagne à l'automne. J'adore les parties de campagne, et j'ai hâte d'organiser la nôtre.

— Nous verrons où nous en sommes avec les rénovations dont nous avons parlé, intervint John.

Ils avaient prévu de redécorer plusieurs pièces et, à terme, il souhaitait agrandir l'orangerie.

— Oh, ça ira ! affirma Cecilia en agitant la main.

— Pourquoi ne pas organiser la partie de campagne en été ? suggéra Spetch. Nous pourrions alors faire du bateau sur le lac.

Cecilia plissa les yeux.

— Si tu penses que je vais organiser un événement avec des bateaux, tu as la mémoire bien courte.

Spetch éclata de rire et John se joignit à lui.

— En fait, le lac n'est pas assez profond en été pour les bateaux, expliqua ce dernier. Nous pourrions le faire en automne, mais si quelqu'un tombait, l'eau serait très froide.

Dinah secoua la tête.

— Non, merci. Comme je sais qu'il s'agit d'une véritable possibilité, je vais passer mon tour.

— Je comprends, compatit Spetch.

Ils firent leurs adieux, et ce fut bientôt l'heure pour John et Cecilia de s'en aller. La mère de la jeune fille la serra dans ses bras.

— Je suis tellement ravie que tu sois heureuse ! dit-elle à sa fille.

— Je le suis, maman. Plus que je n'en avais jamais rêvé.

Cecilia étreignit ensuite son père. Le baron recula en toussant d'un air bourru.

— Je suis content, moi aussi. Je n'ai jamais voulu que ton bonheur.

— Merci, papa. Maman et toi avez choisi un merveilleux mari pour moi.

Elle glissa un regard empli d'amour vers John, qui avait l'impression que son cœur allait éclater. Les parents de John étaient également sur le départ et dirent au revoir à lord et lady Winchcombe. Ils partaient dans la même direction que John et Cecilia, mais ils ne voyageraient pas dans la même calèche. En effet, même s'ils devaient passer la nuit dans la même ville, le père de John avait tenu à réserver un hébergement dans une auberge différente de celle des jeunes mariés. Il avait insisté sur le fait qu'ils avaient besoin d'intimité. John n'avait jamais autant apprécié son père.

Il le serra très fort dans ses bras avant qu'ils ne se séparent pour monter dans leurs véhicules.

— Merci pour ton soutien tout au long de nos fiançailles.

— Tu l'auras toujours. Je suis plus que ravi d'accueillir Cecilia dans la famille. C'est déjà une excellente comtesse. J'ai hâte de voir ce qui se passera ensuite, dit le duc, les yeux brillants de joie. Ta mère aimerait avoir un petit-enfant.

En riant, John ouvrit la portière du véhicule de son père.

— Oui… Nous verrons bien ce qui se passera.

Sa mère était déjà à l'intérieur, et John lui serra rapidement la main, avant de se hâter de rejoindre Cecilia.

— Prête ? lui demanda-t-il.

Elle se blottit contre lui et tira une couverture sur leurs genoux.

— Plus que cela.

∽

*E*n arrivant à l'auberge, John avait emmené sa fiancée dans leur suite en la portant dans ses bras. S'il avait savouré chacune de leurs rencontres au cours du mois écoulé, il y avait quelque chose de doux dans le fait de partager un lit avec son épouse.

— Cela valait-il la peine d'attendre ? lui demanda-t-il alors qu'elle se blottissait contre lui.

Cecilia ricana.

— Nous avons à peine attendu. Dois-je compter le nombre de fois où nous avons été ensemble depuis la partie de campagne ?

— Je parlais du trajet en calèche ! répondit John en riant.

— Oui, c'est cela ! Mais c'est le lit que j'apprécie le plus. Cet aspect du mariage est plus que bienvenu.

— Mmmh, comme toujours, c'est une brillante observation de ta part. J'ai du mal à croire que nous n'avons pas partagé de lit depuis la tempête de neige.

— J'étais tellement contrariée ce jour-là ! Non seulement mes plans avaient totalement échoué, mais en plus, j'étais livrée aux mains de la Menace.

— Et je me suis retrouvé coincé avec une mégère, pas seulement pour une soirée, mais pour toute une vie.

Cecilia roula sur lui et s'installa à califourchon sur ses hanches.

— Coincé comme ça, tu veux dire ?

Le regard de John se posa sur ses seins magnifiques.

— Je n'y pensais absolument pas à ce moment-là, parvint-il à dire.

Son érection grandissait à nouveau, et il se disait qu'ils étaient censés dîner bientôt. La nourriture pouvait bien attendre. Il se rendit compte qu'il était complètement affamé, une fois de plus, *de sa femme*.

— Et maintenant ?

John posa les deux mains sur les seins de Cecilia, les enveloppa et les massa.

— Je suis dévoré par des pensées de toi.

Elle plissa les yeux quand il tira sur ses mamelons.

— Penses-tu toujours que je suis une mégère ?

— Absolument pas. Mais je ne serais pas contre le fait que tu me donnes des ordres, surtout dans un moment comme celui-ci.

Elle sourit malicieusement en se déhanchant contre lui.

— Alors, laisse-moi donc faire cela.

Soudain submergé par une vague d'amour, John lutta pour reprendre son souffle.

— Je suis le plus chanceux des hommes, dit-il d'une voix rauque, la gorge serrée. Je t'aime au-delà des mots.

— Tant mieux. Parce que je ne veux plus que tu parles, lui intima-t-elle, puis elle remua les hanches et passa la main entre eux pour caresser son sexe. Au lieu de cela, tu peux me montrer à quel point tu m'aimes, et lorsque tu me conduiras à l'extase, je crierai mon amour pour toi à pleins poumons.

John sourit.

— Tu vas nous faire expulser de l'auberge.

Elle haussa un sourcil en guise de réponse.

Finalement, elle cria son amour, et personne ne dit rien.

ÉPILOGUE

Décembre 1787

Il ne s'écoula finalement pas un an avant qu'ils conçoivent un enfant. En fait, si l'on comptait bien, le bébé arriva moins de neuf mois après le mariage.

Angelica Cecilia Rowley fit son entrée dans le monde en criant, le visage rouge. Cecilia et John n'auraient pu être plus heureux.

À présent âgée de deux mois et demi, Angelica criait encore de temps en temps, mais en règle générale, elle souriait et riait, pour le plus grand bonheur de ses parents.

— Tes grands-mères et tes grands-pères seront bientôt là, dit Cecilia à sa fille alors qu'elles étaient allongées ensemble sur le sol.

Angelica était sur le ventre et essayait vaillamment de lever la tête.

— John, je crois qu'elle essaie de se retourner.

— La nourrice dit qu'elle le fera sans doute bientôt, dit-il, assis non loin sur le sol.

— Me lasserai-je un jour de la regarder ?

Cette question n'appelait pas de réponse, car Cecilia la connaissait déjà : c'était non. *Jamais.* Cecilia resterait absorbée par sa fille jusqu'à la fin de ses jours.

— J'ai du mal à imaginer que nous voulions attendre pour avoir des enfants, dit John en riant.

Cecilia le regarda avant de tapoter le dos d'Angelica.

— Je crois qu'à une ou deux reprises, tu m'as quittée un peu trop tardivement.

— Peut-être. Mais je t'ai dit que cette méthode n'était pas entièrement fiable.

— Évidemment que non !

Quand Cecilia avait appris qu'elle portait un enfant, elle avait d'abord été saisie par la peur. Et si elle n'était pas une bonne mère ? Et si elle ne survivait pas à l'accouchement ? Pire encore, et si le bébé n'y survivait pas ? Heureusement, rien de tout cela n'était arrivé. Cecilia espérait être une bonne mère. En tout cas, John profitait de chaque occasion pour lui dire qu'elle l'était.

Angelica grogna, et son visage se mit à rougir. Soit elle était en train de vider ses intestins, soit elle était de plus en plus frustrée.

Cecilia se redressa pour s'asseoir.

— Tout va bien, ma fille chérie ? demanda-t-elle, prenant Angelica dans ses bras pour l'installer sur ses genoux.

— Je reconnais ce visage. Il est temps de sonner la nourrice !

— John Rowley, tu ne feras pas ça. La nourrice est en train de se reposer, et je suis parfaitement capable de changer les langes de lady Angelica.

Cecilia savait qu'il plaisantait. Mais elle ajouta tout de même.

— Et tu vas m'aider.

Il hocha la tête solennellement.

— Toujours. Je suis aussi épris de notre fille que tu l'es, même quand elle remplit ses langes.

Angelica s'était calmée quand sa mère l'avait posée sur ses genoux. Cecilia se pencha en avant et renifla.

— Je pense qu'elle était frustrée d'être à plat ventre sur le sol.

John se rapprocha d'elles et caressa les fins cheveux blonds d'Angelica.

— Tu sais quel jour nous sommes ? demanda-t-il à Cecilia.

— Le premier anniversaire du jour où j'ai voulu faire en sorte que tu te perdes pendant la chasse à la bûche de Yule.

— C'est aussi le premier anniversaire du jour, et de la nuit, où nous avons dû nous abriter seuls.

— Le premier anniversaire du jour où j'ai cessé de te considérer comme une menace.

— Le premier anniversaire du jour où j'ai compris que tu n'avais jamais été une mégère.

Les lèvres de John se posèrent sur les siennes en un baiser qui fit fondre Cecilia.

— Dommage que j'aie un bébé sur les genoux, murmura-t-elle tandis qu'il léchait son cou. La nourrice sera bientôt de retour.

— *Pas assez tôt*, répondit-il contre sa chair.

— John, si tu n'es pas capable de garder tes mains pour toi, ainsi que d'autres parties de ton corps, il y aura bientôt un autre bébé.

Il déposa des baisers jusqu'à son oreille et lui murmura :

— Cela te dérangerait-il ?

Cecilia frissonna.

— Non. *Zut !* À cause de toi, mes seins me picotent, et mon lait commence à couler.

Elle baissa les yeux sur Angelica, pour voir si elle avait remarqué. La tête du bébé s'avançait vers la poitrine de Cecilia. Elle avait remarqué, sans le moindre doute.

— Eh bien ! Je dois maintenant nourrir ta fille. Prends-la pour que je puisse me lever.

John prit leur fille sur son bras et la tint contre lui, tout en aidant Cecilia à se mettre debout avec son autre main. Avant qu'il puisse rendre Angelica à sa mère, le bruit caractéristique du bébé remplissant ses langes se fit entendre. La petite grogna à nouveau avant de sourire.

Cecilia éclata de rire.

— Oui, tu peux être fière de toi, ma chérie.

— Viens par ici, ma brillante fille, lui dit John. Allons à la nursery et voyons si tu as besoin d'un bain.

Il se dirigea vers la porte du salon, suivi de Cecilia.

— Je peux la prendre, si tu veux, proposa-t-elle.

— Je vais changer les langes d'Angelica, et tu ne pourras pas m'arrêter.

Le cœur de Cecilia se gonfla. Cet homme avait dépassé toutes ses attentes et tous ses rêves. Il était gentil, serviable, dévoué et doté d'une nature diaboliquement passionnée qui rendait la vie en sa compagnie tout simplement joyeuse.

Elle le suivit jusqu'à la nursery, qui jouxtait actuellement leur chambre à coucher, de sorte que Cecilia pouvait être près d'Angelica pour la nourrir. Puis elle le regarda retirer les vêtements d'Angelica et la nettoyer avec un soin et une minutie qui auraient choqué n'importe qui, à l'exception de Cecilia. Elle savait qu'elle avait épousé un homme merveilleux.

— Si tu pouvais convaincre les autres gentlemen de ton rang de faire cela, tu serais l'homme le plus aimé d'Angleterre.

John ricana.

— Pas par ces hommes. Ils me détesteraient.

— Pas si tu les persuades qu'ils ont envie d'aider.

Cecilia ne doutait pas qu'il en soit capable. Cet homme était un orateur né, et elle savait qu'il constituerait un excellent élément pour la Chambre des communes lorsqu'il aurait l'occasion de s'y présenter.

— Je m'occupe de Spetch pour le moment.

— C'est ce que Dinah m'a raconté dans sa dernière lettre.

Ils avaient accueilli un fils au cours de l'été. John berça Angelica dans ses bras et se tourna vers Cecilia.

— Elle est propre et prête pour son repas, my lady.

— Merci, my lord.

Cecilia s'assit dans son fauteuil préféré près de l'âtre et détacha sa robe ronde pour donner à manger à sa fille affamée. Peu de temps après, Angelica s'assoupit. John vint la récupérer et la déposa dans son berceau.

Cecilia avait remis ses vêtements en place, et John la tira doucement sur ses pieds.

— Aurais-tu besoin d'une sieste, toi aussi ? lui proposa-t-il.

— Je crois que j'aimerais me reposer dans notre lit, répondit-elle, lui lançant un regard suggestif.

— Qu'en est-il de la nourrice ? Sera-t-elle bientôt de retour ?

— Pas avant une trentaine de minutes. Mais elle n'a pas besoin de venir. Nous laisserons la porte entrouverte pour entendre Angelica si elle a besoin de nous.

John la regarda avec une admiration non dissimulée.

— Tu es tellement sûre de toi, comme si tu étais faite pour être mère.

— Je ne suis pas sûre d'avoir toujours confiance en moi, mais j'aime être mère. Autant que j'adore être ta femme. Maintenant, dépêche-toi, pour que je puisse te montrer l'étendue de mon adoration.

Elle passa devant lui pour entrer dans leur chambre.

Il s'approcha d'elle et passa ses bras autour de son ventre.

— J'adore quand tu me donnes des ordres.

Arquant le cou en signe d'invitation, il posa ses lèvres sur sa chair.

— Et j'adore quand tu obéis.

Janvier 1802

En fin de matinée, le jour du quinzième anniversaire de mariage de Cecilia et John, ce dernier était assis dans son bureau et lisait sa correspondance. Le bruit d'une course et des cris retentirent dans la cage d'escalier et il se demanda quelle bêtise ses enfants étaient en train de commettre. Ils étaient cinq, d'Angelica, qui avait quatorze ans, à Cecily, qui en avait six. Entre les deux venaient Brom, l'héritier âgé de douze ans, Felix, le remplaçant de dix ans, et Susan, huit ans, baptisée ainsi en l'honneur de la chère grand-tante de Cecilia, malheureusement décédée trois ans plus tôt.

Cecilia entra à la hâte dans le bureau et ferma la porte. Elle posa le doigt sur ses lèvres, et il lut la joie dans ses yeux.

— Tu joues encore à cache-cache ? s'enquit John. N'es-tu pas censée rester cachée au même endroit ?

— J'étais accroupie sous une table dans la bibliothèque et mes jambes commençaient à me faire mal. Et je m'ennuyais. Mais toi, tu peux me divertir.

John rit, et elle agita aussitôt la main pour le faire taire.

— Chut !

Il se leva de derrière son bureau pour aller la rejoindre derrière la porte.

— C'est ici que tu te caches ? murmura-t-il, l'attirant contre son torse.

— J'avais l'intention de me cacher derrière la porte s'ils entraient.

— Si ? Tu ne crois pas qu'ils vont regarder ici ?

— Ils ne voudront pas te déranger, vu que la porte est fermée.

— Oh ! Tu as donc fait en sorte qu'ils ne puissent pas te trouver. Ce n'est pas très juste.

John enfouit son nez contre le cou de Cecilia, respirant son parfum. Il ne se lasserait jamais de son odeur, ou de la sensation de l'avoir dans ses bras.

— Zut ! Ce n'était pas mon intention. Cela t'ennuierait-il d'entrouvrir la porte, alors ?

John embrassa le point situé sous l'oreille de Cecilia.

— J'aurais plutôt envie de la laisser fermée. Tu sais quel jour nous sommes aujourd'hui, n'est-ce pas ?

— Bien sûr que je le sais. Je sais que tu m'emmènes dans un endroit mystérieux cet après-midi, répondit-elle, puis elle jeta un œil vers son bureau. À moins que tu ne sois trop occupé ?

— Je ne suis jamais trop occupé pour passer du temps avec ma femme, surtout le jour de l'anniversaire de notre mariage.

John siégeait à la Chambre des communes depuis douze ans, mais sa famille restait sa priorité.

— Ne vas-tu pas ouvrir la porte ? s'enquit-elle.

À contrecœur, John s'éloigna d'elle et ouvrit la porte à moitié. Ils furent aussitôt assiégés par leur progéniture, à l'exception d'Angelica. Elle était probablement avec son professeur de français.

— Trouvée ! s'exclama Brom.

C'était le diminutif de Bromwell, d'après le nom de famille de Cecilia. Le cœur de John se serra, car Brom partirait à Eton cette année, et la maison allait devenir infiniment plus silencieuse.

Les enfants se précipitèrent sur Cecilia, qui éclata de rire.

— Enfin ! J'ai dû quitter ma cachette de départ, parce que je m'ennuyais.

— Tu es la meilleure pour te cacher, dit Cecily en s'accrochant aux jupes de Cecilia.

— Venez, nous avons tous gagné une douceur. Voyons ce que la cuisinière a pour nous.

Cecilia les poussa vers la porte. Elle regarda John par-dessus son épaule et lui adressa un sourire impatient.

— À plus tard.

John avait hâte d'y être.

Janvier 1802, plus tard dans la journée

*C*ecilia se blottit contre John tandis qu'ils se promenaient le long d'un chemin longeant le domaine.

— Pourquoi ne sommes-nous pas dans une calèche ? Ou au moins à dos de cheval ?

— Parce que je ne voulais pas de cocher ni de chevaux. C'est notre anniversaire de mariage et je voulais passer un peu de temps seul avec ma femme, répondit-il en la regardant. Ce n'est pas toujours chose aisée.

Avec leurs cinq enfants, les obligations de Cecilia à la tête de leur maisonnée et les responsabilités de John au Parlement, ils menaient une vie très occupée.

— C'est vrai. Mais j'ai froid.

— Pas pour longtemps, lui promit-il.

Cecilia n'avait aucune idée de ce qu'il lui réservait, mais elle était impatiente de le découvrir.

— J'ai une idée pour notre partie de campagne de cet automne, déclara-t-elle pour se concentrer sur autre chose que le froid.

— Quelque chose de nouveau ?

Ils avaient organisé une partie de campagne chaque automne depuis l'année qui avait suivi la naissance d'Angelica. À l'exception de l'année de naissance de Félix, qui était arrivé aussi en septembre. Les autres enfants étaient nés au printemps.

— Tu sais que ma famille est bien connue pour ses entremetteuses.

— Oui.

— Eh bien, je n'ai pas encore participé à cette tradition familiale.

La mère de Cecilia ne manquait jamais une occasion de le lui rappeler.

— Tu le feras quand Angelica sera en âge de se marier, j'en suis certain.

— Je l'espère. Cependant, j'aimerais essayer de jouer les entremetteuses lors de notre partie de campagne. Je recherche un célibataire disponible, ou une jeune femme prête à se marier, et qui ne souhaite peut-être pas participer à la saison.

— De telles jeunes femmes existent-elles ?

Cecilia savait qu'il plaisantait.

— Assurément. Londres est une ville plutôt intimidante. Si je peux aider une jeune lady qui préférerait éviter cela, ne lui ferais-je pas une faveur ?

— Effectivement. Mais tu es la gentillesse incarnée, mon amour. Ah, nous y voilà ! annonça John qui la guida depuis le sentier jusqu'à un bosquet d'arbres.

— Oh non ! Tu m'emmènes dans la forêt pour que je me

perde, n'est-ce pas ? Prépares-tu ta vengeance depuis quinze ans ?

John éclata de rire.

— Pas vraiment. Mais, effectivement, je prépare cela depuis un certain temps.

Ils sortirent du couvert des arbres, et un petit cottage apparut. De la fumée s'échappait de la cheminée.

Cecilia haleta.

— Cet endroit ressemble à s'y méprendre à notre cottage ! Je veux dire, le cottage du bûcheron à Broadheath.

— C'est une réplique exacte, confirma John. Mais l'intérieur est légèrement différent.

Elle se précipita et ouvrit la porte.

— *Légèrement ?*

L'espace était aussi petit, mais il y avait un plus grand lit devant le feu, ainsi qu'une table avec deux chaises. Il y avait également des placards et un lavabo. Et une armoire. Curieuse, elle s'y dirigea et ouvrit les portes. À l'intérieur se trouvaient des vêtements de nuit, des couvertures, ainsi que des chaussures et des manteaux de rechange.

— C'est pour le cas où nous serions bloqués ? demanda-t-elle.

John sourit, les yeux brillants.

— Si nous avons de la chance.

— Je suis déjà la plus chanceuse des femmes, murmura Cecilia en se glissant dans ses bras.

Il l'embrassa, et ce fut comme la première fois. La même magie la frappa, la transportant jusqu'à ce jour, plus de quinze ans auparavant, où leur vie avait basculé.

Elle écarta ses lèvres de celles de son mari et le regarda droit dans les yeux.

— C'est peut-être la chose la moins impulsive que tu aies jamais faite. Combien de temps t'a-t-il fallu pour prévoir et réaliser ce projet ? J'en ignorais tout !

— Plus d'un an. J'ai dû trouver l'endroit idéal et faire construire le cottage.

— Tu l'as magnifiquement décoré, le complimenta-t-elle, puis elle se dégagea de son étreinte pour aller passer la main sur la couverture en velours posée sur le lit. Elle est tellement confortable et luxueuse ! Il se peut que je ne veuille jamais partir.

— Peut-être était-ce mon intention.

Il s'approcha de Cecilia à pas lents, une promesse dans le regard. Du mouvement à la fenêtre attira l'attention de John. Des flocons voletaient devant les vitres et s'y écrasaient.

— Il neige ! s'exclama-t-elle, passant devant lui pour regarder dehors.

Il la rejoignit en souriant.

— Cela ne faisait pas partie de mon plan, mais je l'espérais.

Cecilia se tourna vers John.

— J'espère que ces placards contiennent de la nourriture.

— C'est le cas, mais tout ce dont j'ai besoin pour vivre cette journée, et cette vie, c'est toi.

Cecilia enroula les bras autour du cou de John.

— Je t'aime, ma Menace.

Il baissa la tête vers la sienne.

— Et je t'aime, Mégère.

Retrouvez Cecilia et John dans *Le Duc inflexible*, le deuxième tome des *Chroniques de rencontres* !

Cecilia organise une fête pour aider le duc de Warrington, dont la nature bourrue l'a empêché de trouver une duchesse… même s'il ne désire pas particulièrement en rencontrer une. Mais lorsque la future épouse en apparence parfaite se présente à lui, il est plutôt attiré par

sa tutrice de bonnes manières, une veuve frustrante, ensoleillée et pleine d'entrain, qui l'amène à reconsidérer ses choix d'épouse.

Merci beaucoup d'avoir lu *Un comte de Noël*! J'espère que vous l'avez aimé !

Si vous voulez savoir quand mon prochain livre sera disponible et être averti des ventes spéciales, inscrivez-vous à ma newsletter en anglais sur https://www.darcyburke.com/join ou en français https://darcyburkefrancais.com/newsletter/ et suivez-moi sur les réseaux sociaux :

Facebook: https://facebook.com/DarcyBurkeFans
Instagram: darcyburkeauthor

Vous aimez les romans Régence ? Découvrez mes autres séries historiques :

Les Insaisissables
Laissez-vous charmer par les douze célibataires les plus séduisants et les plus insaisissables de la société, ainsi que par les jeunes filles discrètes et marginales qui les font chavirer !

Les Insaisissables : Les Imposteurs
Au cœur de l'univers captivant des *Insaisissables*, suivez la saga d'une fratrie de trois enfants qui excellent dans l'art d'être ce qu'ils ne sont pas. Un intrépide coureur de Bow Street, un vicomte anéanti et une demoiselle de la société désabusée peuvent-ils dévoiler leurs secrets ?

Il y a de l'amour dans l'air

Des contes de Noël classiques réconfortants (écrits après la Régence !) revisités au temps de la Régence, mettant en scène un village chaleureux, une fratrie de trois enfants, et le plus beau des cadeaux : l'amour.

Le Club des ducs fringants
Six livres écrits avec ma meilleure amie, Erica Ridley, auteure de best-sellers du New York Times. Rencontrez les hommes inoubliables de la taverne la plus célèbre de Londres, *Le Duc fringant*. Beaux, attirants, charmants et pleins d'esprit, une nuit avec ces séducteurs et voyous ne sera jamais suffisante...

J'espère que vous accepterez de laisser un avis sur le site de votre boutique en ligne ou de votre réseau préféré ! J'aime tellement mes lecteurs. Merci beaucoup!
xo,
Darcy

DU MÊME AUTEUR

À PROPOS DE L'AUTEUR

Darcy Burke est l'auteure à succès USA Today de romance sexy, sentimentale historique et contemporaine. Darcy a écrit son premier livre à 11 ans, une fin heureuse entre un cygne accro à la magie et une femelle cygne qui l'aimait, avec des illustrations extrêmement pauvres.

Native de l'Oregon, Darcy vit en bordure des vignes avec son mari guitariste, une fille artiste d'un incroyable talent, et un fils débordant d'imagination qui écrira sans doute un jour mieux qu'elle (et peut-être dès demain). Ils forment une famille-à-chats un peu folle, avec deux bengals, un petit chat en quête de notoriété qui porte le nom d'un fruit, un vieux maine-coon rescapé plutôt arrogant, et une collection de chats du voisinage qui trainent sur la terrasse et entrent quelquefois. Vous trouverez Darcy au chai, dans son confortable fauteuil d'écrivain avec son portable et un ou trois chats sur les genoux, en train de plier son linge (ce qu'elle adore), ou encore devant le télévision avec sa famille. Ses havres de bonheur sont Disneyland, le week-end du Labor Day au Gorge, Le Danemark et partout au Royaume-Uni – tant que sa famille y est aussi. Retrouvez Darcy en ligne à https://www.darcyburkefrancais.com et suivez-la sur ses réseaux sociaux.